Алисанын
Кызыктар Өлкөсүндөгү
укмуштуу окуялары

Алисанын Кызыктар Өлкөсүндөгү укмуштуу окуялары

Alice's Adventures in Wonderland in Kyrgyz

Льюис Кэрролл

Иллюстрациялаган
Жон Тенниел

Кыргыз тилине которгон
Аида Эгембердиева

2016

Басмакана/*Published by* Evertype, 19A Corso Street, Dundee, DD2 1DR, Scotland. *www.evertype.com.*

Алисанын Кызыктар Өлкөсүндөгү укмуштуу окуялары (*Alisanın Kızıktar Ölkösündögü ukmuştuu okuyaları*). Original title: *Alice's Adventures in Wonderland. This translation was based on the Russian translation by Nina Mikhailovna Demurova* / Котормо Н. М. Демурованын орусча котормосунун негизинде жасалды (Л. Кэрролл. *Алиса в Стране чудес и в Зазеркалье*. Пища для ума. Москва: Издательство «Э», 2016, 608 с.).

Редактор-кеңешчи/*Advisory editor* Виктор Фет/*Victor Fet.*

Биринчи чыгарылыш/*First edition* 2016 г. Reprinted with corrections June 2019.

Бул китептин каталогдук жазуусун Британ китепканасынан табууга болот.
A catalogue record for this book is available from the British Library.

ISBN-10 1-78201-176-5
ISBN-13 978-1-78201-176-7

Гарнитура De Vinne Text, Mona Lisa, ENGRAVERS' ROMAN, жана *Liberty Майкл Эверсон.*
Typeset in De Vinne Text, Mona Lisa, ENGRAVERS' ROMAN, *and Liberty by* Michael Everson.

Иллюстрациялаган/*Illustrations*: *Жон Тенниел*/John Tenniel, 1876.

Мукаба/*Cover*: *Майкл Эверсон*/Michael Everson.

Баш сөз

Льюис Кэрролл—англиялык атактуу жазуучу жана Оксфорд университетиндеги Крайст Чёрч коллежинин математика мугалими Чарлз Латвидж Додсондун* (1832–1898) жашырын аты. Ал аталган коллеждин ректору Генри Лидделлдин үй-бүлөсүнүн жакын досу болгон жана анын кыздары—кичинекей Алисага (1852-жылы төрөлгөн), анын эжелери Лорина менен Эдитке жомокторду айтып берчү. Бир жолу—1862-жылдын 4-июлунда—Кэрролл, анын досу, азирети Робинсон Дакуорт, жана үч кыз болуп кайык менен сейилдөөгө чыгышып, дарыянын жээгинде тамаша курушат. Бул сейилдөөнүн учурунда Кэрролл аларга кроликтин ийинине кирип кеткен Алиса деген кыздын кызыктар өлкөсүндөгү адаттан тышкаркы окуяларын айтып берет. Алиса Кэрроллдон ага ушул жомокту жазып берүүнү суранып, кол жазма көп өтпөй даяр болот. Кийинчерээк ал кошумчаланып, оңдолуп, 1865-жылы китеп болуп чыгат.

* Льюис Кэрроллдун чыныгы аты-жөнү орусча салттуу, бирок туура эмес түрдө «Доджсон» деп айтылып келет. Англис оригиналында «g» тамгасы айтылбайт, ошондуктан биз «Додсон» деген жазылышты колдонобуз. Кэрролл өзү дагы аты-жөнүн так ушинтип айткан. —М. Э.

Андан бери *Алисанын Кызыктар Өлкөсүндөгү укмуштуу окуяларынын* түрдүү версиялары дүйнөнүн ар кайсы тилдеринде жарык көрдү. Сиздердин колуңуздардагы бул китеп—кыргыз тилине, Борбордук Азиядагы Кыргыз Республикасынын (Кыргызстан катары дагы белгилүү) мамлекеттик тилине которулган алгачкы саамалык.

Мультфильм катары орус тилинде көрсө көргөндүр, бирок кыргыз балдары китеп катары бул чыгарманы окуган, автору катары Льюис Кэрроллду билишет деп деле ойлобойм. Бул—бизге чейинки жана биздин муун тууралуу. Ал эми постсоветтик мезгилден тартып орус мектептеринин бешинчи классынын окуу китебине үзүндүсү киргизилген. Бишкектин алдыңкы мектептеринин биринде алтынчы класста окуган кызым Гүлнардан жана анын классташтарынан сурамжыласам, *Аня в Стране чудес* В. Набоковдуку, ал эми *Зазеркалье* Льюис Кэрроллдуку дегендей болуп бүшүркөшкөндүгүн жашырбайм. Мунун өзү чыгарма менен кыргыз балдары үстүрт тааныш экендигин кабарлайт.

Балдар адабияты кыргыз элинде абалтан бар. Фольклорду карасак, ар кайсы жанрда алар арбын учурайт. Жомок, ыр, тамсил, калп, жаңылмач ж.б. Ал эми профессионалдык адабиятта өздөрүн ошол жанрга биротоло адистештирген акындар бар. Проза эмес, көбүнесе ыр өнүккөн. Обон чыгарылгандарын ырдап турган «Ак-Шоола» деген балдар музыкалык тобу бар. Кыргыз балдары үчүн ушул кезге чейин «Алисанын» котормосу болбогону менен, өзүнүн котормо чыгарма экенине карабастан кыргыз балдар адабиятынын кенемтесин толтуруп турган адабиятчы Салижан Жигитовдун которуусундагы Антуан де Сент-Экзюперинин *Кичинекей ханзадасы* бар.

Балдар ырларына келгенде «Көлчүктөгү айдай» өтө жаркырап көзгө урунган чыгарма сейрек. Ошондуктан таланттуу акын Турар Кожомбердиев тарабынан өткөн кылымдын 70-жылдары гана жазылганына карабастан, ага пародия катары жазган саптарымды «Алисадагы» эң биринчи учураган ырдын («Малютка крокодил») ордуна койдум.

Ал эми «Алисадагы» көлчүктөн чыккандан кийинки эмне үчүн мышыктарды жаман көрөөрү туурасындагы Чычкандын Алисага айтып берген ыр баянын («Цап-царап сказал мышке») өзүм жаздым жана ойдогудай чыкты. Анын мазмунунда мышык бир күнү чычкандын ийинине келип: «Мага учканга канат керек, сен да аны копо тиле. Мага учуу бактысы тийсе, сени биротоло унутам, жалаң куштарга тырмак салам,» деп собол салат. «Коркпой, бери чыга бер,» деп өтүнөт. Ага ынанган чычкан көйкөлүп бери чыгып, бирок мышыктын көздөрүнөн башканы окуйт—лып деп азыр эле баса калганы турат. Кайра ийинине кире качканга мажбур болот.

Тексттеги «Вильям ата», «Омардын үнү» сыяктуу пародиялуу ырлардын көбүн өзүм котордум. Ошол эле мезгилде Герцогинянын ымыркайга ырдаган бешик ырын улуттук адабияттагы, тактап айтканда фольклордогу тамашалуу бешик ыры менен алмаштырдым. Ал эми «Шёл я садом однажды...» деген ырдын ордуна биздин элдеги «Жагалмай деген жапан куш» аттуу элдик ырга пародия катары жазылган саптар коюлду.

Котормону Н. М. Демурованын классикалык орусча котормосунун негизинде ишке ашырдым. Которуу ишинде Виктор Феттин буга чейинки котормолорду салыштыруу, талдоо аркылуу берген кеңештери чоң жардам берди. Бир катар жерлерде бүтүндөй кылым бою «Алисанын» үстүндө иштеген башка орус котормочуларынын—А. Рождественская, В. Набоков, Б. Заходер, А. Щербаков, Ю. Нестеренконун дагы табылгаларын пайдаландым. Кейипкерлердин аттары төмөнкүчө которулду: *Балык Малай* (Лакей-Рыба) жана *Бака Малай* (Лакей-Лягушка), *Жибек Курт* (Шелкопряд) ж.б. Кэрроллдогу Mock Turtle кыргызча *Музообаш Ташбака* (‘Черепаха с телячьей головой’) деп берилди. Кызык жери, *музообаш* (‘телячья голова') сөзү кыргыз тилинде денеси бөлүктөргө бөлүнгөн эки чоң жаныбарды: жер алдында жашоочу кара чегиртке-медведканы (Orthoptera: Gryllotalpidae) жана жөргөмүш сымал фаланганы, же сольпуганы (Arachnida: Solpugida) белгилөө үчүн колдонулат.

Кэрроллдун сөз оюнун кыргыз тилинде кээде сөзмө-сөз берүү мүмкүн болду. Айталы, XI бапта (Набоковдун орусча котормосуна негизделсек): *«Мен кичинекей, жарды кишимин.» «Сенин тилиң жарды,» деди Кан.* ('«Я человек маленький, бедный.» «У тебя язык бедный,» сказал Король.') «Рисовали все, что начинается на "М" деген жерде "*маани, мээрим, математика, муңаюу*» деген сөздөр орун алды. Башка учурларда Демурова же башка котормочулар тарабынан табылган орусча сөз оюндарын пайдаланууну ылайык көрдүм, мисалы III бапта, *учугун жоготтум* ('потеряла нить [разговора]', Б. Заходердегидей, 'I had not' / 'A knot!' каламбуру үчүн). IX бапта Герцогинянын сөз оюну («А мындагы насаат мындай: каза бербе!») горчица шахтадан казылып алынуучу минерал экендигине («горчица—казылып алынуучу нерсе») негизделген. Мында Набоковдун каламбурун сактоого мүмкүн болду (*мораль—каза бербе!*).

Грифон менен Музообаштын мектептик каламбурларында, мисалы, *Каздык. Жаздык* деген уйкаш сөздөр бар; Кэрроллдо болсо бул—Reeling and Writhing ('1. Оролушту, түрүлүштү; 2. Абдан чарчашты, алдан тайышты жана Ийилишти, ийрилишти'), Reading and Writing ('Окушту жана жазышты') деген сөз оюндарына карата. Бул каламбур кыргыз тилиндеги эки маанини туюнткан *каз* ('окуу; казуу') сөзүнө карата колдонулду, «Илим—ийне менен кудук казгандай» деген элдик макалдагы сөз Герцогинянын казылып алынуучу горчицасы сыяктуу эле Сонянын кудугу (VII бап) менен дагы үндөшөт.

Арифметикадагы төрт амал *Жошуу, Демитүү, Көгөртүү, Жөөлүү* деп колдонулду, булар кыргыз тилиндеги *Кошуу, Кемитүү, Көбөйтүү, Бөлүү* деген аталыштарга ылайык келет. Башка көпчүлүк каламбурлар дагы биз тараптан ойлонуп табылды; айрымдары Демурованын орусча котормосунан алынды. Кэрроллдогу Mystery жана Seaography дегендин ордуна (‘History’ жана ‘Geography’ дегендерге карата сөз оюну) биз *Рифтер* жана *Деңиз таануу* дегенди колдондук; *Рифтер* (Мифтер) каламбуру Демуровадан алынды. Laughing жана Grief (‘Күлкү жана Кайгы’, ‘Latin жана Greek’ деген сөздөргө карата) *Драматика, Жылдыз тили* катары берилди.

Кэрроллдо саналып өткөн эң оор үч предмет—Drawling, Stretching, Fainting in Coils (‘Туура эмес сүйлөө, Керилүү, Эшилме сызык түрүндө эси ооп жыгылуу’) ‘Drawing, Sketching, Painting in oils’ (‘Сүрөт тартуу, Графика, Май боёк живописи’) дегендерге карата сөз оюну. Биздин котормобузда бул *Жүрөк тартуу, Дүйнөлүк жарык, Оор эмгек.* Мында *Дүйнөлүк жарык—Дүйнөлүк тарых* дегенге карата сөз оюну, ал эми *Оор эмгек*—аны жасаш үчүн Музообаш Ташбака карылык кылат—мектептеги *Кол эмгек* сабагын алмаштырат.

«В поросёнка или в гусёнка?» (оригиналдын VI бабында *pig or fig*) дегендин ордуна *торопойгобу же кара койгобу* (*торопой*, ‘поросёнок’; *кара кой,* ‘чёрная овца’) деген сөз оюну колдонулду. IV баптагы Герцогиня жөнүндө Ак Кроликтин сөзүндөгү (*«Ай, Герцогиня! Герцогиня! Ал мени өлтүрөт! Сөзсүз өлтүрөт»*) *өлтүрөт* сөзү эки маанини билдирет: өлтүрөт (сөздүн түз маанисинде) же урушат; бул кыргыз тилиндеги күнүмдүк колдонулуучу сөз.

Айрым учурларда кыргыз тилине кирген орус сөздөрүнө негизделген сөз оюндарын сактадым. Кыргыз тилинде *кисель* деген орус сөзү бар болгондон кийин Демурованын каламбурун (‘кисейные барышни’) сакташ үчүн Сонянын кебинин айрым жерлери орусча берилди: *«Потому что они были кисельные барышни,» деди уйкулуу үнү менен Соня орусчалап* [сказала Соня по-русски] (VII бап). Ушул эле нерсе Грифондун *треска* (балык) жөнүндөгү сөздөрүндө байкалат: *«Треску много,» деди Грифон олуттуу орусчалап* (X бап).

II бапта Алиса өзүнүн Оң Бутуна 'Right Foot, Esq.' деп кайрылат. В. Феттин кеңеши менен мен англис тилиндеги оригиналдагы сөздү берүүнү көздөдүм, анда 'Esq.' ('Esquire') деп кайрылуу эркек адамга карата айтылат, ал кыргызча *Мырза Оң Бутка* ('Господину Правой Ноге') болду. Зат атооч сөздөрүндө грамматикалык род бар болгондуктан орусча котормодо Алиса бутуна айымга кайрылгандай кайрылат.

Көптөгөн орус сөздөрү, анын ичинде чет тилден киргендер, текстте котормосуз берилди, мисалы, *кролик*, *омар*, *фейерверк*, *крокет*, *фламинго*, *кадриль*.

Бул котормонун үстүндө мен берилип иштедим. Н. М. Демурованын классикалык орусча тексти менен жакындан таанышуу, кыргызча котормосун жаратуу, аны тилди алып жүрүүчүлөрдүн ичинде апробациялоо—мунун бардыгы болгону эки ай убакытты алды. *Зазеркальени* дагы которсом деген ниетим бар!

Бул китепти түзүү ишине катышкан бардык адамдарга ыраазымын. Муну окуу кыргыз тилин билгендердин же аны үйрөнүп жаткандардын бардыгы үчүн жагымдуу болот деп үмүттөнөм. Котормо балдар гана эмес, «бир кезде бала болгон чоңдор» (Антуан де Сент-Экзюпери) тарабынан дагы жакшы кабылданат деген ишенимдемин.

Аида Эгембердиева
Бишкек, Кыргыз Республикасы
Май, 2016-жыл

Предисловие

Льюис Кэрролл—псевдоним Чарлза Латвиджа Додсона* (1832–1898), знаменитого английского писателя и преподавателя математики колледжа Крайст Чёрч в Оксфордском университете. Он был близким другом семьи ректора колледжа, Генри Лидделла, и рассказывал сказки юной Алисе (которая родилась в 1852) и её старшим сёстрам Лорине и Эдит. Однажды—4 июля 1862 года—Кэрролл, его друг, преподобный Робинсон Дакуорт, и трое девочек отправились на лодочную прогулку и устроили пикник на берегу реки. Во время этой прогулки Кэрролл и рассказал историю о девочке по имени Алиса, которая упала в кроличью норку и ее необычайных приключениях в волшебной стране. Алиса попросила Кэрролла записать для неё эту сказку, и через некоторое время рукопись была готова. Позже к ней были сделаны добавления и исправления, и в 1865 г. была опубликована книга. С тех пор всевозможные версии *Приключений*

* Настоящая фамилия Льюиса Кэрролла традиционно, но неверно передаётся по-русски как «Доджсон». В английском оригинале буква «g» не произносится, поэтому мы используем написание «Додсон». Именно так сам Кэрролл произносил свою фамилию. —М. Э.

Алисы в Стране чудес появились на различных языках по всему миру. Перед вами—первый перевод на кыргызский язык, государственный язык Кыргызской Республики в Центральной Азии (также известной как Кыргызстан или Киргизия).

Возможно, кыргызские дети когда-то и видели мультфильмы, созданные по мотивам данного произведения, скорее всего на русском языке. Но вряд ли они читали *Приключения Алисы в Стране чудес*, и вряд ли знают о том, что автором этой книги является Льюис Кэрролл. Это касается и представителей нашего поколения. Только в постсоветское время в программу пятого класса общеобразовательных школ был включён один из эпизодов этого произведения. Но когда я спросила у своей дочери Гульнары и её одноклассников, которые учатся в шестом классе в одной из ведущих общеобразовательных школ г. Бишкек, об «Алисе», оказалось, что они смутно представляют, кто был её автором. Некоторые знали *Аню в Стране чудес* как произведение Владимира Набокова, а Льюиса Кэрролла как автора *Алисы в Зазеркалье*.

Детская литература у кыргызского народа существует уже довольно давно. В фольклоре имеются довольно много жанров: сказки, песни, басни, скороговорки и т.д. Также можно встретить представителей профессиональной литературы—поэтов и писателей, которые посвятили своё творчество этим жанрам. Следует отметить, что в кыргызской детской литературе более развита поэзия, нежели проза. Уже несколько лет в Кыргызстане существует детская музыкальная группа «Ак-Шоола», которая специализируется на исполнении детских песен. Хотя у кыргызских детей до настоящего времени и не было перевода *Алисы*, имеется, например, популярный перевод *Маленького принца* Антуана де Сент-Экзюпери, который прекрасно перевёл кыргызский литературовед Салиджан Джигитов.

Среди детских стихотворений на кыргызском языке, наверно, самым талантливым является «Көлчүктөгү ай» («Луна в луже»), которое было написано видным кыргызским поэтом Тураром Коджомбердиевым в семидесятые годы прошлого столетия. Поэтому я включила в перевод «Алисы» свою пародию на это стихотворение (вместо пародии «Малютка крокодил».)

Стихотворную историю, которую рассказала Мышь Алисе о том, почему она не любит кошек («Цап-царап сказал мышке...» в переводе Демуровой), я решила сочинить сама, и надеюсь, что она удалась. В этой истории говорится о том, как однажды кот потребовал от мыши, чтобы она вместе с ним усердно помолилась о приобретении котом крыльев, ибо это его заветная мечта. И если мечта эта вдруг исполнится, то он навсегда забудет о мышах и будет охотиться лишь на птиц в небе. Поверив словам кота, мышь вышла из норы, но увидела в его глазах обман, и тут же скрылась обратно в своё убежище.

Я сделала переводы большинства пародийных стихотворений: «Папа Вильям», «Голос Омара» и других. В то же время вместо колыбельной песни Герцогини я включила в текст шуточную колыбельную из кыргызского фольклора. А вместо стихотворения «Шёл я садом однажды...» я написала пародию на кыргызскую народную песню «Чеглок—птица ловчая» («Жагалмай деген жапан куш»).

Мой кыргызский перевод делался по тексту классического русского перевода Н. М. Демуровой. Я также пользовалась подробными сравнительными заметками Виктора Фета, специально составленными в помощь переводчикам. В ряде мест я использовала также находки других русских переводчиков, которые работали над «Алисой» на протяжении целого столетия—А. Рождественской, В.

Набокова, Б. Заходера, А. Щербакова, Ю. Нестеренко. Так были переведены имена персонажей: *Балык Малай* (Лакей-Рыба) и *Бака Малай* (Лакей-Лягушка), *Жибек Курт* (Шелкопряд), и другие. Mock Turtle Кэрролла был назван по-кыргызски *Музообаш Ташбака* (Черепаха с телячьей головой). Интересно, что слово *музообаш* ('телячья голова') в кыргызском языке используется для обозначения двух крупных членистоногих животных: подземного сверчка-медведки (Orthoptera: Gryllotalpidae) и паукообразной фаланги, или сольпуги (Arachnida: Solpugida).

Игру слов Кэррола по-кыргызски иногда возможно было передать буквально. Так, в Главе XI (следуя русскому переводу Набокова): *«Мен кичинекей, жарды кишимин.» «Сенин тилиң жарды,» деди Кан.* ('«Я человек маленький, бедный.» «У тебя язык бедный,» сказал Король.') Там, где рисовали всё, что начинается на «М», по-кыргызски даны следующие слова: *маани, мээрим, математика, муңаюу* («смысл, любовь, математика, тосковать».) В других случаях я следовала русской игре слов, которая была найдена Демуровой или другими переводчиками, например в Главе III, *учугун жоготтум* ('потеряла нить [разговора]', как у Б. Заходера для каламбура 'I had not' / 'A knot!'). В Главе IX игра слов Герцогини («The more there is of mine, the less there is of yours») основана на том, что горчица—это минерал, который находят в шахтах (a mineral found in a mine). Здесь оказалось возможным сохранить каламбур Набокова о том, что горчица—это ископаемое; «И мораль этого: 'Не копайся!'» (*«А мындагы насаат мындай: 'Каза бербе!'»*).

Среди школьных каламбуров Грифона и Музообаша была, например, рифмующаяся пара *Каздык, Жаздык* ('Копали, Писали'); у Кэрролла—Reeling and Writhing ('Наматывались и Извивались'), игра слов на Reading and

Writing (‘Читали и Писали’). Этот каламбур, использующий двойное значение кыргызского слова *каз* (‘учиться; копать’), отражает кыргызскую поговорку «Учиться—всё равно, что колодец иголкой копать» и перекликается как с ископаемой горчицей Герцогини, так и с колодцем Сони (Глава VII).

Четыре действия арифметики переведены *Жошуу, Демитүү, Көгөртүү, Жөөлүү* (‘Струение, Нападение, Возражение [также Прорастание], Бред’), соответствуя кыргызским *Кошуу, Кемитүү, Көбөйтүү, Бөлүү* (‘Сложение, Вычитание, Умножение, Деление’). Большинство других каламбуров также придуманы нами; некоторые взяты из русского перевода Демуровой. Вместо Mystery и Seaography Кэрролла (игра слов на ‘History’ и ‘Geography’) мы использовали *Рифтер* и *Деңиз таануу* (Рифы и Мореведение); каламбур *Рифтер* (Рифы)/Мифтер (Мифы) заимствован у Демуровой. Laughing and Grief (‘Смех и Грусть’, игра слов на ‘Latin and Greek’) переданы как *Драматика, Жылдыз тили* (‘Драматика, Звёздный язык’).

Три самых трудных предмета, перечисленные у Кэрролла—Drawling, Stretching, Fainting in Coils (‘Неверное произношение, Потягивание, Падание в обморок по спирали’), представляют собой игру слов на ‘Drawing, Sketching, Painting in oils’ (‘Рисование, Графика, Живопись маслом’). В нашем переводе это *Жүрөк тартуу, Дүйнөлүк жарык, Оор эмгек* (‘Сердцерисование, Всемирный свет, Тяжёлый труд’). Здесь *Дүйнөлүк жарык* (‘Всемирный свет’; *жарык* также означает «трещина, прореха”)—игра слов на *Дүйнөлүк тарых* ‘Всемирная история’, а *Оор эмгек* (‘Тяжёлый труд’)—для которого Музообаш Ташбака уже стар стал—заменяет школьные уроки труда (*Кол эмгек*).

Вместо «в поросёнка или в гусёнка?» (*pig or fig* оригинала в Главе VI) была использована игра слов *торопойгобу же кара койгобу* (*торопой*, 'поросёнок'; *кара кой*, 'чёрная овца'). В Главе IV в словах Белого Кролика о Герцогине (*«Ай, Герцогиня! Герцогиня!... Ал мени өлтүрөт! Сөзсүз өлтүрөт»*) слово *өлтүрөт* имеет двойной смысл: будет казнить или ругать; это повседневная речь в кыргызском языке.

В некоторых случаях я сохранила игру слов, основанную на русских словах, вошедших в кыргызский язык. Поскольку в кыргызском есть русское слово *кисель*, для того, чтобы сохранить каламбур Демуровой («кисейные барышни») речь Сони даётся частично по-русски: *«Потому что они были кисельные барышни,» деди уйкулуу үнү менен Соня орусчалап* [сказала Соня по-русски] (Глава VII). То же в словах Грифона о (рыбе) *треске*: *«Треску много,» деди маанилүү Грифон орусчалап* (Глава X).

В Главе II Алиса обращается к своей Правой Ноге 'Right Foot, Esq.' По совету В. Фета, я следовала английскому оригиналу, где адресование 'Esq.' ('Esquire') указывает на мужчину, по-кыргызски *Мырза Оң Бутка* ('Господину Правой Ноге'). В русском языке, где у существительных имеется грамматический род, слово «нога» женского рода, поэтому у русских переводчиков Алиса обращается к «Госпоже» Правой Ноге.

Многие русские слова, в том числе иностранного происхождения, употребляются без перевода в кыргызском тексте, например, *кролик*, *омар*, *фейерверк*, *крокет*, *фламинго*, *кадриль*.

Работа над этим переводом была для меня поистине работой для удовольствия. Близкое ознакомление с классическим русским текстом Н. М. Демуровой, создание кыргызского перевода и его апробация среди носителей языка—всё это заняло всего лишь два месяца. Хотелось бы попробовать перевести и *Зазеркалье*!

Я благодарна всем, кто участвовал в процессе создания этой книги. Надеюсь, что её чтение будет приятным для тех, кто знает кыргызский язык или изучает его. Я уверена, что перевод найдёт читателей не только среди детей, но также и среди «взрослых, которые когда-то были детьми» (Антуан де Сент-Экзюпери).

Аида Эгембердиева
Бишкек, Кыргызская Республика
Май 2016 г.

Foreword

Lewis Carroll is the pen-name of Charles Lutwidge Dodgson* (1832–1898), a writer of nonsense literature and a mathematician in Christ Church at the University of Oxford in England. He was a close friend of the Liddell family: Henry Liddell had many children and he was the Dean of the College. Carroll used to tell stories to the young Alice (born in 1852) and her two elder sisters, Lorina and Edith. One day—on 4 July 1862—Carroll went with his friend, the Reverend Robinson Duckworth, and the three girls on a boat paddling trip for an afternoon picnic on the banks of a river. On this trip on the river, Carroll told a story about a girl named Alice and her amazing adventures down a rabbit hole. Alice asked him to write the story for her, and in time, the draft manuscript was completed. After rewriting the story, the book was published in 1865, and since that time, various versions of *Alice's Adventures in Wonderland* were released in many various languages. You are now holding the first translation into Kyrgyz, the official

* Lewis Carroll's real surname is traditionally but incorrectly spelled in Russian as Доджсон (Dodzhson). In English, the "g" is silent; therefore we use the transliteration Додсон (Dodson): this is how Carroll himself pronounced it. —M. E.

language of the Kyrgyz Republic in Central Asia, also known as Kyrgyzstan.

It is possible that the Kyrgyz children have seen the animated films based on *Alice's Adventures,* most likely in the Russian language. At the same time, they probably have not read the book, and do not know the name of its author. This was true for my generation as well. In the post-Soviet time, one of the *Alice* episodes was included in a fifth-grade school reading book. However, when I asked my daughter Gulnar and her classmates who study in the sixth grade of one of the best Bishkek schools, I found that they were not familiar with the book and its author. Some knew about Vladimir Nabokov's *Ania in Wonderland* but thought that Lewis Carroll authored *Through the Looking-Glass*.

Kyrgyz children's literature has existed for a long time. Our folklore has numerous fairytales, songs, fables, tongue-twisters, and other genres. There are professional poets and writers who write for children. Children's poetry in Kyrgyz is more advanced than prose. We have a children's music group, Ak-Şoola, which performs children's songs. While no Lewis Carroll so far existed in Kyrgyz, there is a very popular translation of Antoine de Saint-Exupéry's *The Little Prince.* It was wonderfully translated by Salidjan Djigitov, a Kyrgyz linguist.

One of the most well-known children poems in Kyrgyz is "*Көлчүктөгү ай*" ("*Kölçüktögü ay*" '*Moon in a Puddle*') by Turar Kodjomberdiev, written in the 1970s. I used my own parody of this talented poem instead of *Alice's* famous "*How doth the little crocodile*". For the Mouse's Tale, I invented my own little story, which, I hope, rhymes and reads well. In my poem, a cat begs a mouse to pray that the cat will be given wings since it is his great desire to fly and hunt only birds in the sky. The mouse believes the cat and comes out of its hole, but goes back as it realizes the trickery.

I attempted to translate most of the other parody poems in the book, including "*Father William*", "*Twinkle, twinkle, Little Star*", the Mock Turtle's songs, etc. At the same time, I replaced the Duchess's lullaby by a parody of a Kyrgyz folkloric one; and instead of "*The Owl and the Panther*", I wrote a parody of the Kyrgyz folk song "*Жагалмай деген жапан куш*" ("*Jagalmay degen japan kuş*" '*A Hunting Falcon*'.)

My Kyrgyz translation was done from the classical Russian text of Nina Demurova, which I followed closely. I also relied on the very helpful advisory notes compiled by Victor Fet. In a number of places I used the findings of other Russian translators who worked over the span of more than a century (Alexandra Rozhdestvenskaiia, Vladimir Nabokov, Boris Zakhoder, Alexander Shcherbakov, Yurii Nesterenko). For example, I used names such as *Балык Малай* (*Balık Malay* 'Fish-Footman'), *Бака Малай* (*Baka Malay* 'Frog-Footman'), and *Жибек Курт* (*Jibek Kurt* 'Silkworm'). The Mock Turtle was translated as *Музообаш Ташбака* (*Muzoobaş Taşbaka*, 'A Calf-Headed Turtle'). Interestingly, in Kyrgyz *muzoobaş* ('calf-headed') is used as a word for two large invertebrate animals with blocky heads: mole crickets (Orthoptera: Gryllotalpidae) and sun spiders (Arachnida: Solpugida).

In rendering Carroll's word play, sometimes it could be translated verbatim, as in Chapter XI (following the Russian version of Nabokov): *"Мен кичинекей, жарды кишимин…" "Сенин тилиң жарды"* (*"Men kiçinekey, jardı kişimin…" "Senin tiliñ jardı"* '"I'm a poor man…" "You're a very poor speaker"').

It was also possible to render "Everything that begins with an M—" in Kyrgyz, which included *маани, мээрим, математика, муңаюу* (*maani, méérim, matematika, muñayuu* 'sense, love, mathematics, longing'). In other cases, I could retain Russian puns suggested by Demurova or other translators such as *учугун жоготтум* (*uçugun jogottum* 'lost the thread [of a conversation]'—a pun suggested in Russian by Zakhoder for 'I had not' / 'A knot!', Chapter III). To replace Duchess's pun on mustard being a mineral found in a mine ("The more there is of mine, the less there is of yours", Chapter IX), we retained Nabokov's version ("И мораль этого: 'Не копайся!'" *"I moral' etogo: 'Ne kopaysya!'"* "'And the moral of that is: 'Do not procrastinate!'", literally: "Do not dig around!'"): "А мындагы насаат мындай: 'Каза бербе!'" (*"A mındagı nasaat mınday: 'Kaza berbe!'"*)

The school puns of Gryphon and Mock Turtle included, for example, a rhyming pair *Каздык, Жаздык* (*Kazdık, Jazdık* 'Digging, Writing' (for 'Reeling and Writhing'). This is a pun on the double meaning of *каз* (*kaz* 'to learn; to dig'), also reflecting the Kyrgyz folk saying "*Илим—ийне менен кудук казгандай*" (*İlim—iyne menen kuduk kazganday* 'To learn is like digging a well with a needle'.) This echoes both Duchess's mine and Dormouse's well.

The four actions of arithmetic were: *Жошуу, Демитүү, Көгөртүү, Жөөлүү* (*Joşuu, Demitüü, Kögörtüü, Jöölüü* 'Pouring, Attacking, Protesting [also Greening, Sprouting], Raving') which reflects *Кошуу, Кемитүү, Көбөйтүү, Бөлүү* (*Koşuu, Kemitüü, Köböytüü, Bölüü* 'Addition, Subtraction, Multiplication, Division'). Most other puns were also original, with some words borrowed from Demurova's Russian text. For Carroll's 'Mystery and Seaography', we used *Рифтер* and *Деңиз таануу* (*Rifter, Deñiz taanuu,* 'Myths, Seaology') where *Rifter* 'Reefs' is a pun on *Мифтер* (*Mifter* 'Myths'), used by Demurova. 'Laughing and Grief' were rendered as *Драматика, Жылдыз тили* (*Dramatika, Jıldız tili* 'Drama, Star Language'), punning on *Грамматика, Кыргыз тили* (*Grammatika, Kırgız tili* 'Grammar, Kyrgyz Language'.

For the sequence of three difficult subjects, 'Drawling, Stretching, Fainting in Coils', we chose *Жүрөк тартуу, Дүйнөлүк жарык, Оор эмгек* (*Jürök tartuu, Düynölük jarık, Oor émgek* 'Heart-drawing, World Light, Hard Labor'). Here, *Düynölük jarık* 'World Light' (*jarık* also "means 'gap, crack') is a pun on *Дүйнөлүк тарых* (*Düynölük tarıx* 'World History', while *Oor émgek* (Hard Labor) stands for *Кол эмгек* (*Kol émgek* 'shop, crafts') lessons that Mock Turtle is too stiff to demonstrate.

For the pun on "pig" and "fig" (Chapter VI), I chose *торопойгобу же кара койгобу* (*toropoygobu je kara koygoby*, where *toropoy* means 'a little pig' and *kara koy*, 'a black sheep'). The White Rabbit says of the Duchess "She'll get me executed," or, in Kyrgyz vernacular, *Ал мени өлтүрөт! Сөзсүз өлтүрөт!* (*Al meni öltürot! Sözsuz öltürot!*) Here, *öltürot* has a double meaning of 'to kill, to execute' and 'to admonish.'

In a few cases of word play, I retained the Russian puns since they were based on Russian words used in Kyrgyz. For example, in Chapter VII, I followed Demurova in translating "treacle" as *кисель* (*kisel'*, a Russian starchy drink). In order to retain an Russian pun *кисейные барышни* (*kiseinye baryshni* 'pampered young ladies'), I made the Dormouse to say this in Russian: *"Потому что они были кисельные барышни," деди уйкулуу үнү менен Соня орусчалап* (*"Potomu chto oni byli kisel'nye baryshni," dedi uykuluu ünü menen Sonya orusçalap.*) The same device was used in Chapter X where, as in Demurova's translation, the Gryphon mentions *треска* (*treska* 'a cod'), a word used in Kyrgyz, and then he puns, in Russian: *"треску много," деди Грифон олуттуу орусчалап "tresku mnogo," dedi Grifon oluttuu orusçalap* '"too much chatter," said the Gryphon in Russian.'

In Chapter II where Alice addresses her "Right Foot, Esq.", I followed the advice of Victor Fet about gender assignment as *Мырза Оң Бутка* (*Mırza Oñ Butka* 'Mr Right Foot') since Esquire is a male form of address. In Russian, where nouns have grammatical gender, 'a foot' is feminine; therefore Russian translators must have a 'Mrs Right Foot.'

Many Russian words, including those of foreign origin, were used without a translation into Kyrgyz where they have no native equivalents, for example *кролик* (*krolik* 'rabbit'), *омар* (*omar* 'lobster'), *фейерверк* (*feyerverk* 'firework', meaning Carroll's 'sky-rocket'), *крокет* (*kroket* 'croquet'), *фламинго* (*flamingo*), *кадриль* (*kadril'* 'quadrille'), etc.

This translation was a true pleasure work for me. It took only two months, which is not a long time for one to get acquainted closely with Nina Demurova's classic Russian text, to complete the translation, and to have it read by native speakers of the Kyrgyz language. I would like one day to try my hand also in translating *Through the Looking-Glass*!

I thank everyone who was involved in publishing of this book. It is my hope that it will be a great reading for those who know or learn Kyrgyz. I am sure that this translation will find its readers not only among children but also among the "grown-us who were once children" (Antoine de Saint-Exupéry).

Aida Egemberdieva,
Bishkek, Kyrgyz Republic
May 2016
(translated by Victor Fet)

Алисанын Кызыктар Өлкөсүндөгү укмуштуу окуялары

Мазмуну

Июлдагы чак түш алтындай
    Жарык тийет, тийет жапжарык,
Кичинекей эпсиз колдогу
    Калактар өз ишин аткарып
Агым менен үйдөн алыска
    Салмай болду бизди алпарып.

Катаал жандар! Мындай ысыкта,
    Уйку келип, көздөр жумулуп,
Куш уйкуну салып жатчу маал,
    Уйку жандан артык туюлуп.
Айт дейсиңер ойлоп бир жомок,
    Ой чабыттын баарын урунуп.

Улуусу анан шаштым кетирип,
    Баштагын деп буйруйт токтоосуз,
Экинчиси: «Болсун акылсыз
    Окуялар. Укмуш көп болсун.»
Үчүнчүсү сөздү ортодо
    Көз ирмемде бөлөт жүз жолу

Капылеттен басып бейкуттук,
    Түштөгүдөй келди сезим бул.
Кыз келатты дабыш чыгарбай,
    Жомоктогу өлкө сезилди.
Жана көрдү укмуш көп кызык,
    Жер алдынын терең өзүндө.

Бүтүп бирок кыял ачкычы—
    Toктой түштү анын агымы.
«Айтып берем кийин аягын,»
    Деп мен сөздүн айттым анығын.
«*Кийин* болду, айткын эми!» деп
    Ынактарым турду жарылып.

Жомогумдун менин сыйкырдуу
    Жай, акырын жиби чоюлуп,
Түйүнүнө жетээр акыры,
    Калган кезде күүгүм коюулуп.
Үйгө кайттык. Кечки алсыз нур
    Жумшартыптыр күндүн боёгун.

Саякатчы алыскы өлкөнүн
    Сактагандай гүлүн аярлап.
Бөбөк кездин түшүн сактаган
    Жашыруун, бек жерди даярдап,
Улгайганча сакта, Алиса,
    Бул жомокту дагы абайлап.

I Бап

Кроликтин Ийини менен Төмөн

Дарыянын боюнда эжеси менен ишсиз отуруу Алисаны зериктирип жиберди; бир канча жолу эжесинин окуп жаткан китебине үңүлдү, бирок анда сүрөттөр да, сүйлөшүүлөр да жок эле. «Китептен эмне пайда,» деп ойлоду Алиса, «эгер анда же сүрөттөр, же сүйлөшүүлөр болбосо?»

Ал отуруп ойлоно баштады, турсабы, туруп, башына кийе турган гүл таажы жасаганга гүл чогултсабы; анын ойлору жай жана байланышсыз агылып жатты—ысыктан талыкшыды. Албетте, гүл таажы жасоо абдан жагымдуу болмок, бирок ушул үчүн ордунан козголуунун кажети барбы? Аңгыча жанынан көздөрү кызыл тарткан Кролик жүгүрүп өттү.

Ырасын айтканда, мунун өзүндө *таңгалаарлык* эч нерсе жок эле. Болгону Кролик жүгүрүп баратып: «Ай, кудай ай, кудай ай! Мен кечиктим,» деп жатпайбы. Бирок мунун өзү дагы Алисага *анчейин* таңгалаарлык көрүнгөн жок. (Бул тууралуу кийинчерээк өзү эстеп отуруп ал ага таңгалса деле болмоктугун, бирок ошол ирмемде ал үчүн бардык нерсе табигый туюлганын ойлоду). Бирок капылеттен Кролик өзүнүн *бешмантынын чөнтөгүнөн саат алып чыгып* карап, ары шашылып жүгүргөн соң Алиса ордунан атып турду да: катып калды: анткени мурда эч качан сааты бар, андан дагы ага кошумча болуп чөнтөктүү бешманты бар кроликти көргөн эмес! Кызыкканынан көздөрү күйгөн Алиса талаа менен Кроликтин артынан буту үзүлгөнчө жүгүрүп баратып, Кроликтин мына-мына кашаанын алдындагы ийинге жылт коюп кирип кеткенин байкады.

Ошол эле замат ал жактан кайра кантип чыгаарын ойлонбой туруп Алиса дагы култ этип ийинге кирди.

Ийин алгач туннель сыяктуу түз, текши кетет экен, бирок андан кийин капысынан чукул төмөн кулады; терең кудукка сымал кулап баштаганча Алиса көзүн ирмегенге дагы үлгүргөн жок.

Же кудук ошончолук тереңби, же ал ошончолук жай куладыбы, айтор, өзүнө келип, мындан ары эмне болоорун ойлонгонго убакыт жетиштүү болду. Алгач ал ылдый жакта өзүн эмне күтүп жатканын караганга аракет кылды, бирок ал жак караңгы болгондуктан, эчтеме көрө алган жок, анда ал туш тарабын караганга аракеттенди; кудуктун дубалдарында шкафтар жана китеп текчелер коюлган экен: кайсы бир жерлеринде мыктарга картиналар менен карталар илинген. Бир текченин жанынан учуп бара жатып ал варенье салынган банканы кошо ала кетти; банкада «АПЕЛЬСИНДИН ВАРЕНЬЕСИ» деп жазылган, бирок өкүнүчтүүсү анын ичи бош болуп чыкты. Алиса банканы төмөн түшүрүп ийгенден коркту—кимдир-бирөөнү өлтүрүп албаса экен! —Учуп баратып аны кайсы бир шкафка тыга салуунун айласын тапты.

«Кулаган деген ушу экен, уш-шундай куладым!» деп ойлоду Алиса. «Тепкичтен кулаган эми мага арзыбаган нерсе. А биздикилер мени укмуш кыйын деп ойлошот. Жок дегенде чатырдан куласам, ошондо да түк кыңк дебейт элем.» (Чын эле ошондой болмогу ажеп эмес болчу.)

Ал кулагандан кулап кетип баратты. *Чын эле мунун аягы жокпу*? «Кызык, мен канча миля жерди учуп өттүм?» деди Алиса үнүн чыгарып. «Мен чын эле жердин борборуна жакындап баратам. Коё турсаңар, эстеп көрөйүн… Бул, менимче, төрт миң миляга жакын…» (Бул өңдөнгөн маалыматтарды Алиса класстык сабак учурунда билип алган, анан эми ушул кыйчалыш шарт билимин көргөзүү үчүн *эң ылайыксыз* учур болсо дагы,—аны уккан эч бир жан жок да—унчукпай койгонго чыдамы жеткен жок). «Ооба ушундай, чындап эле ушундай,» деп улантты Алиса.

«Бирок кызык, анда мен кайсы кеңдик, кайсы узактыкта кетип баратам?» (Ырасын айтканда, кеңдик эмне, узактык эмне экендиги жөнүндө деле анын эч түшүнүгү жок эле, бирок *угуму менен жакчу* бул сөздөр—алар маанилүү да, таасирдүү да угулат эмеспи!)

Үндөбөй калган Алиса ой жоруусун кайра баштады: «А мен бүтүндөй жерди *көзөп* учуп бара жаткан жокмунбу? Анан күлкү келээрлик болот! Мен чыксам—а адамдардын буту өйдө жакта, баштары төмөндө жүрсө! Аларды ал жакта эмне деп атачу эле? *Антипатиялар*, менимче...» Көңүлүнүн тереңинде ал аны азыр уккан эч ким болбогонуна кубанып турду, анткени бул сөздөр кандайдыр бир кызыктай угулмак. «Мага алардан кайсы өлкөгө келип калганымды суроого туура келет: „Кечиресиз, айым, мен кайдамын? Австралиядабы же Жаңы Зеландиядабы?“» Анан ал тизе бүгүп, таазим кылып көрдү. (Кулап баратып абада *таазим кылууну* элестете аласыңбы? Кандай дейсиң, мындайды сен жасай алат белең?) «Албетте, ал мени коркунучтуу, адепсиз наадан деп ойлойт! Жок, эч кимден эч нерсе сурабайм! Балким кайсы бир жерден жазуу көрөм!»

Ал кулагандан кулап баратты. Айла жок—үндөбөй, Алиса кайра сүйлөй баштады: «Дина бүгүн мени кеч бою издейт. Менсиз ага ушундай көңүлсүз!» (Дина деп анын мышыгын чакырышчу). «Үйдөгүлөр ага түштөн кийин сүт бергенди унутушпайт деп ойлойм... Ах, Дина, кымбаттуум, сенин жанда болбогонуң кандай жаман! Ырас, абада чычкандар жок, бирок майда чиркейлер толуп жатат! Кызык, мышыктар майда чиркейди жейби?» Баягы жерден Алиса көзү илинип баратканын сезди. Уйку-соонун ортосунда кобурады: «Мышыктар майда чиркейди жейби? Мышыктар майда чиркейди жейби?» Кээ бирде анысы тескерисинче айтылып калып жатты: «Майда чиркейлер мышыкты жейби?» Алиса биринчи да, экинчи да суроонун жообун билген жок, ошондуктан суроону кандайча берүүнүн ал үчүн мааниси жок эле. Уктап бараткнын сезди; түш көрдү, түшүндө Дина менен кол кармашып келатат да, андан тынчсызданып сурайт: «Айтсаң, Дина, сен качандыр бир майда чиркей жеп көрдүң беле?» Аңгыча капысынан укмуштай катуу тырс эткен үн угулду—Алиса чогулган бутак-сутактар менен кургак жалбырактардын үстүнө кулады.

Ал аз жерден этин оорутуп алган жок, ордунан ыргып турду; жогору карады—ал жак караңгы эле, анын алдына башка коридор тартылды, анын учунда Ак Кроликтин караанын көрүндү. Бир да мүнөттү текке кетиргенге болбойт эле—Алиса анын аркасынан жүгүрүп жөнөдү да, бурулуштан ары караан үзүп бараткан Кроликтин сүйлөгөнүн укту: «Ай, менин муруттарым! Ай, менин кулактарым! Мен кандай гана кечиктим!» Бурчтан бурулаары менен Алиса Кроликти көрөм деп ойлогон, бирок ал эч жерде жок болуп чыкты. Эми өзү салаңдаган лампалардан жарык түшүп турган узун жапыз залда болуп калды.

Залда эшиктер көп санда экен, бирок бардыгы бек. Алиса аларды ачып көрдү—алгач бир жагынан, андан соң башка тарабынан баштап, бирок бири да моюн бербегенине ынангандан кийин бул жерден кандайча чыкса болот деген көңүл чөгүңкүлүк менен залдан басып өттү.

Капысынан ал үч буттуу айнек үстөлдү көрдү; анын үстүндө кепкенедей алтын ачкычтан башка эчтеке жок эле, Алиса бул ачкычты жайнаган эшиктердин бириники деп чечти эле, бирок өкүнүчтүүсү!—же кулпунун тешиги ашыкча чоң, же ачкыч ашыкча кичине, айтор, Алиса канчалык аракет кылбасын, ачкыч бирине да дал келген жок. Зал боюнча экинчи жолу басып баратып мурда байкабаган терезе парданы көрдү, анын артында бийиктиги 15 дюймдай болгон кичинекей эшикче бар болуп чыкты; ачкычты кулпунун тешигине салып көрдү эле—ыкыбалы тоодой экен, ал туура келди!

Алиса эшикти ачты жана ал эшик келемиштин ийининен кең болбогон көзөнөккө алып бараарын байкады; тизелей калып аны шыкаалап, андан силер элестете алгыдай эң укмуш бакчаны көрдү. Эми ал ушул караңгы залдан эптеп чыгып, жаңы эле тешиктен өзү көргөн керемет бакчада—ачык гүлдүү клумбалар менен салкын оргумалардын арасында болуп калсам дегенде эки көзү төрт! Бирок ал ийинге жадагалса башын дагы батыра алган жок. «Эгерде менин башым *кирген* болсо деле,» деп ойлоду байкуш Алиса, «андан эмне пайда! Ийинсиз баштын кимге кереги бар? Мен деги эмне үчүн дүрбү сыяктуу бүктөлө албайм! Эгерде антип бүктөлгөндүн жөнүн билсем, ыгын тапсам, баары башкача болмок.» Дегеле ушул күнү түшкө киргис түрдүү окуялардын күбөсү болгондон го, эми Алисага таптакыр мүмкүн эмес эч нерсе жоктой сезилди.

Кантсе да эми кичинекей эшиктин жанында отура берүүнүн эч кандай мааниси жок эле, Алиса анын үстүнөн башка бир ачкыч же эң жок дегенде дүрбү сыяктуу бүктөлүп калуута колдонмо таап каламбы деген бүлбүлдөгөн үмүт менен кайра айнек үстөлгө келди; бирок бул жолу үстөлдүн үстүнөн кичине бөтөлкө табылды. «Мен даана билем, бул мурда бул жерде жок болчу!» деди Алиса ичинен. Бөтөлкөнүн оозуна кагаз байланган, ал эми кагазда чоң, сулуу тамгалар менен «МЕНИ ИЧ» деп жазылган.

Бул, албетте, айтканга жеңил—«Мени ич», бирок акылдуу Алиса андай кеңешти дароо аткарганга таптакыр шашылган жок. «Баарыдан мурда бул бөтөлкөнүн эч бир жеринде „*Уу*!“ деген эскертүү болбогонуна ишениш керек.» Буга чейин ал балдардын тирүүлөй өрттөнгөндөрү же жапайы жырткычтарга жем болгондору, жана бул жагымсыз окуялардын бардыгы алардын досторуу үйрөткөн эң жөнөкөй эрежелерди сактоону *каалабагандыктарынын* айынан болгондугу жөнүндө түрдүү сонун окуяларды көп окуган: эгерде кыпкызыл болгончо ысытылган көсөөнү колуңда көпкө кармасаң, акыр-аягында колуңду күйгүзөсүң; эгерде манжаңды бычак менен *тереңирээк* сайып алсаң, адатта манжаңдан кан агат; эгерде «Уу!» деген белгиси бар бөтөлкөнү бир дем менен калтырбай ичип алсаң, эртедир-кечтир дээрлик өзүңдү жаман сезээриң анык. Акыркы эрежени Алиса даана билчү.

Бирок бул бөтөлкөдө «Уу» деген жазуу *жок болчу*, ошондуктан Алиса анын ичиндегини ичмей болду. Суусундуктун даамы абдан жагымдуу экен—ал эмнеси менендир креми бар чие пирогун, куурулган үндүк этин, жуулган май кошулуп кант менен жемиш сууларынан жасалган момпосуйду жана бетине май сыйпалган ысык гренкини эстетти,—Алиса аны аягына чейин ичти.

«Кандай кызык сезим!» деп кыйкырып жиберди Алиса. «Мен, чын, дүрбү сыяктуу бүктөлүп баратам.»

Ырасында эле жаңылган жок—анын бою он дюйм болуп калды. Эми суктандырган жанагы бакчага эшиктен оңой өтөм деп ойлоп, аябай кубанды. Ошентсе да алгач ал керек болуп калса деп бир аз күтүп турду—андан ары дагы кичирейбей тургандыгына ынангысы келди. Бул аны бир аз тынчсыздандырып турган. «Эгерде мен мындан ары дагы ушинтип кичирейип отурсам,» деди өзүнчө, «дегеле жок болуп кетишим мүмкүн. Шам сыяктуу күйүп бүтөм! Кызык, анда мен кандай болуп калам?» Анан ал шамдын жалыны шам такыр күйүп бүткөндөн кийин кандай болуп калаарын элестеткенге аракет кылды; эсте калганы, ал мындайды таптакыр көрбөптүр.

Бир аз күтүп, андан ары эч нерсе болбой тургандыгына ынанаар замат жанагы бакчага чыкмакчы болду. Бечара! эшикке жеткенден кийин алтын ачкычты үстөлдө калтырып койгондугун эстеди, ал эми үстөлгө кайра келгенинде эми андагы ачкычка бою жетпей тургандыгын түшүндү; айнек аркылуу төмөн жактан үстөлдө жаткан ачкычты даана көрдү, үстөлгө анын айнек буттарына жармашып кыйындык менен өрмөлөп чыкканга аракет кылды, бирок буттары аябай тайгалак эле. Болбогон аракеттерден чарчаган байкуш Алиса полго отуруп, ыйлап баштады.

«Болду, жетет!» бир аздан кийин ал өзүнө катуу буйрук кылды. «Көз жаш менен кайгыны жеңе албайсың. Сага азыр дароо токтоп кал деп кеңеш берем!» (Андай учур көп болбосо дагы), ал өзүнө дайыма жакшы кеңештерди берчү. Кээде өзүн ырайымсыз тилдеп, көздөрү жашка толуп чыкчу. Ал тургай бир жолу ал дароо эки башка кыз болуп крокеттен бир партия жалгыз өзү ойноп жатып митаамдыгы үчүн өзүн жаакка чаба да жаздаган. Бул сонун балага өзүн дароо эки кызмын деп элестеткен жакчу. «Бирок канча каалсам да бул азыр мүмкүн эмес!» деп ойлоду байкуш Алиса. «Мен *бирөө болгонго* араң-араң жетип жатам!»

Ушул жерден ал үстөлдүн астындагы кичинекей кутуну көрүп калды; ачса—ичинде мейиздерден тизилип «МЕНИ ЖЕ» деп жазылган жазуусу бар кичине пирог бар экен. «Мындай болсо,» деди Алиса, «мен муну жейм. Эгерде ошондо менин боюм өссө, мен ачкычты ала алам, эгерде кичирейип кетсем—эшиктин алдынан сойлоп өтө алам. Мен бакчага жетсем гана болду, калганы—баары бир!»

Ал пирогдон кичине тиштеп жеп, тынчсыздануу менен ойлоду: «Чоңоёмбу же кичирейемби? Чоңоёмбу же кичирейемби?» Ушинтип Алиса өзү эмне болуп жатканын сезиш үчүн колун төбөсүнө коюп көрдү. Бирок эң таңгалычтуусу, чоңойгон да, кичирейген да жок. Ооба, пирог жегенде адатта эч ким чоңоюп же кичирейбейт, бирок Алиса айланасында жалаң таңгалаарлык окуялар болгонуна көнө түшкөндөй болду; жашоонун кайра адаттагыдай уланышы ага көңүлсүз жана акылсыз боло түштү.

Ал дагы бир жолу бир кесим жеди, ошентип пирогду бүт жеп бүттү.

II Бап

Көлдөй Көз Жаш

«Уламдан улам коркучтуу жана коркучтуу!» кыйкырып жатты Алиса. Таңгалганынан өзү ойлогон сөздү кантип айтыш керектигин дагы унутуп калды. «Мен эми дүрбү сыяктуу экиге ажырап баратам. Кош болгула, буттарым!» (Ушул мүнөттөрдө ал эңкейип буттарын карады да, алардын кантип тездик менен төмөндү карай кетип жатканын көрдү. Дагы бир көз ирмемчелик убакыт—алар такыр көрүнбөй калышат). «Менин байкуш буттарым! Силерди ким эми кийинтет? Силерге байпак менен чокойду эми ким тартып кийгизет? Мен эми силерге, менин кымбаттууларым, жете албайм. Биз бирибирибизден ушунчалык алыс болобуз, мен силерди ойлогудай болбойм... Силерге менсиз жашоого туура келет.» Ушул жерден ал ойго бата түштү. «Негизи алар менен мээримдүүрөөк болуш керек,» деди өзүнчө. «Болбосо келип туруп такыр башка жакка кетип калышса эмне болот. Макул, мейли! Рождестволордо аларга жаңы ботинкаларды белекке жиберем.»

Анан ал план түзө баштады. «Аларга белекти чабарман аркылуу жибергенге туура келет,» деп ойлоду. «Күлкүлүү болот! Өз буттарына белек! Анан дареги кандай таңгалаарлык!

«Алисанын Мырза Оң Бутуна,
Камин Килемчеси,
Камин Кашаасынын жаны,
(Жакшы көрүп Алисадан).

Эмне деп сандырактап жатам!»

Ушул мүнөттөрдө ал башы менен шыпка тийди: анткени азыр тогуз футтан кем эмес узарды,—ошондо үстөлдөн алтын ачкычты ала койду да, бакчанын эшигине жүгүрдү.

Бечара Алиса! эми эшиктен өтө алдыбы? Бакчага бир көзү менен гана карай алгандай болду—ошондо да ан үчүн жерге жатууга туура келди. Акыры полго отурду да, ыйлап баштады.

«Уялсаң боло,» деди өзүнө Алиса бир аздан кийин. «Ушундай чоң кызсың (азыр аныкы, албетте, туура болчу) —анан ыйлайсың! Дароо токто, угуп жатасыңбы?» Бирок жаштары булак болуп куюлду жана бат эле анын айланасында тереңдиги төрт дюймдай чоң көлчүк пайда болду. Суу полго жайылып, залдын ортосуна чейин жетти.

Бир аздан кийин алыстан майда буттардын дабышы угулду. Алиса шашыла көзүн аарчып, күтүп калды. Бул Ак Кролик эле. Ал жасанып кийинген, бир колуна бир жуп лайка мээлейин, экинчисинде—чоң желпигич кармаган, чуркап баратып акырын кобурап баратты: «Ай, кудай ай, Герцогиня эмне дейт! Мен кечиксем, ал каарданат! Болушунча *каарданат*!»

Алисанын ушундай айласы кетти, кимден болбосун жардам сураганга даяр эле. Кролик аны менен оропара келе калганда коркуп кетип: «Кечиресиз, мырза...» деп шыбырады. Кролик секирип кетти, мээлейи менен желпигичин түшүрүп алды да, ары карай ыргыган бойдон караңгылыкка сиңип жоголду.

Алиса желпигич менен мээлейлерди жерден алды, залда ысык болгондуктан желпигич менен желпине баштады. «Жок, силер ойлонуп көргүлөчү!» деди ал. «Бүгүн кандай кызыктай күн! А кечээги күн кадимкидей эле болчу! Балким бир түндүн ичинде мен өзгөрүп кеткендирмин? Ойлонуп көрүш керек: эртең менен турганда мен өзүм эле белем? Эстей баштадым окшойт, өзүмдү анчейин сезгендей болгом. Бирок эгер мен мен эмес болсом, анда суроо туулат: андай болсо мен ким болуп калдым? Табышмактан табышмак!» Анан ал акылында аны менен тең курактагы курбуларын иргей баштады,—балким өзү алардын бирине айланып калдыбы?

«Эмне болгон күндө дагы мен Ада эмесмин!» деди ал чечкиндүү. «Анын чачтары тармалдашып турат, а меники андай эмес! Жана, албетте, мен Мейбл эмесмин. Мен ушунчалык толтура нерселерди билем, ал эч нерсени билбейт! Дегеле *ал* деген ал, *мен* деген менмин! Бардыгы кандай түшүнүксүз! Кана эми текшерейин, мен билгендеримди эстейт бекеминби, же жокпу. Демек мындай: төрт жерде беш—он эки, төрт жерде алты—он үч, төрт жерде жети… Минтип отурсам мен жыйырмага эч качан жетпейм! Макул, жадыбал—бул маанилүү деле эмес! Географияны көрөйүн! Лондон—Париждин борбору, ал эми Париж—Римдин борбору, ал эми Рим… Жок, баары тең мындай эмес, баары тең туура эмес! Мен Мейблга айланып бараткан окшойм… „*Көлчүктөгү айды*“ окуп көрөйүнчү.» Ал кадим сабакта отургансып колдорун куушуруп тизесине койду да, сүйлөй баштады. Бирок анын үнү кырылдап кызыктай чыкты, жана сөздөрү дагы адаттагыдан башкача угулду:—

«Эшикке чыксам укмуш, апа,
Борсулдайт не сары күчүк.
Чоң көлчүктүн ортосуна,
Калган окшойт ай түшүп.
Бардым дагы, жалдырадым,
Билбей кантип кармаарды.
Күчүк жанда айланчыктайт,
Көргөзсөм деп жардамды».

«Такыр эле ал сөздөр эмес!» деди байкуш Алиса, анын көздөрү кайрадан жашка толду. «Демек, мен эмне болсо да Мейбл экенмин! Эми мага бул тар үйдө жашаганга туура келет. Жана менин оюнчуктарым да болбойт! Анткен менен сабактарды тынымсыз окуш керек болот. Макул, чечилди: Эгер мен Мейбл болсом, мында түбөлүккө калам. Мейли ошондо келишип, баштарын ылдый кылып салаңдатып чакырышсын: „Өйдө чык, алтыным, бизге,“ деп чакырып башташат. Мен аларга карап гана коём да: „Мага биринчи айткылачы, менин ким экенимди! Эгерде аныңар мага жакса, мен өйдө чыгам, эгер жакпаса—башка дагы бирөөнө айланмайын бул жерде калам,“ дейм.» Ушул жерден анын көздөрүнөн жаш куюла түштү. «Эмне үчүн мени издеп эч ким *келбейт?*—Бул жерде жалгыз отургандан кандай жададым!»

Бул сөздөрдү айтып жатып Алиса төмөн карады жана сүйлөп жаткан учурунда бир колунда Кроликтин мытыйган мээлейин чоюп турганын көрүп таң калды. «Бул кантип *оңунан чыкты?*» деп ойлоду ал. «Мен кайра кичирейип бараткан окшойм.» Алиса туруп, өзүнүн бою канча болуп калгандыгын түшүнүш үчүн үстөлгө келди. Бардык жагын эске алганда анын бою эки футтан ашык эмес эле, ал андан ары ылдам кичирейип баратты; бат эле ал буга желпигич күнөөлүү экенин түшүндү дагы, аны дароо полго ыргытты. Муну жакшы кылды—болбосо такыр эле жок болуп кетиши дагы мүмкүн эле!

«Уф! Араң *сакталып калдым*!» деди ушунчалык күтүүсүз өзгөрүүлөрдөн чочуп, бирок аман калганына сүйүнгөн Алиса. «Эми болсо—бакчага!» Ал эшикке жүгүрдү, бирок өкүнүчтүү! эшик кайрадан бек болуп чыкты, ал эми алтын ачкыч дагы эле айнек үстөлдүн үстүндө жаткан. «Оңолот десе, кайта ойрону чыга берет экен!» деп ойлоду байкуш Алиса. «Буга чейин мен бир да жолу мындай кенедей болуп көрө элек болчумун! Ишим чатак! Мындан жаман нерсе жок…»

Анан тайгаланды дагы—ой!—шалп этип суута жыгылды. Суунун даамы туздуу эле, ал Алисанын ээгине чейин жетип турду. Алгач ал кандайчадыр деңизге кулап кеттим деп ойлоду. «Мындай учурда,» деп ойлоду, «бул жактан темир жол менен кетсе болот.» (Алиса өмүрүндө бир эле жолу деңизде болгон, ошондуктан деңиз аттуунун бардыгы бирине бири коёндой окшош болчудай туюлду: деңизде—суута түшүү үчүн кабинкалар, жээкте—жыгач күрөкчөн бөбөктөр кумдан сепилдерди куруп жатышат; андан ары—пансиондор, ал эми алардын ары жагында—темир жол станциясы). Бирок бат эле көз жаштын көлчүгүнө кулаганын, аны деле өзү бою тогуз фут кезинде ыйлап пайда кылганын түшүндү.

«Ай-ий, эмнеге мынча ыйладым экен!» деп ойлоду Алиса, айланып сүзүп жана жээк кайсы жагында экенин түшүнгөнгө аракет кылып жатып. «*Кызык болот*, эгер мен өз көз жашыма чөгүп кетсем! Дегеле бүгүн баары кызыктай!»

Эми ал жакын жерден кандайдыр бир шарпылдакты укту да, ким шарпылдатып жатканын билиш үчүн ал жакка сүзүп жөнөдү. Башында ал бул морж же гиппопотам деп ойлоду, бирок өзүнүн канчалык кенедей экенин эстеп кетти, караса болгону, ал деле суута түшүп кеткенсиген, чычкан экен.

«Аны менен сүйлөшүш керекпи же жокпу?» деп ойлоду Алиса. «Бүгүн баары эле таңгалаарлык, балким ал сүйлөйт чыгаар! Кандай болсо да, аракет кылып көргөнгө туура келет!» Анан ал: «О Чычкан! Сиз билбейсизби, бул көлчүктөн кантип чыкканга болот? Бул жерде сүзүп жүргөндөн мен аябай жададым, о Чычкан!» деп баштады. (Алиса чычкандарга дал ушинтип кайрылыш керек деп ойлоду. Тажрыйбасы анын эч кандай жок болчу, бирок байкесине тиешелүү болгон латын грамматикасынын окуу китебин эстеди. «Атооч жөндөмө—Чычкан, Илик—Чычкандын, Барыш—Чычканга, Табыш—Чычканды, Кайрылуу—О Чычкан!») Чычкан ага бир аз кулак түрүп карады жана ал тургай өзүнүн кичинекей көздөрү менен көз ымдагандай болду, бирок эч нерсе деген жок.

«Балким ал кыргызча түшүнбөйт?» деп ойлоду Алиса. «Балким анын теги француз? Бул жакка Вильгельм Басып алуучу менен бирге сүзүп келгендир...» (Алиса, албетте, тарыхты билчү, бирок качан эмне болгонун так элестете алчу эмес). Анан ал кайра баштады: «Où est ma chatte?» (Француз тили боюнча окуу китепте бул сүйлөм биринчи турчу). Чычкан суудан ыргып чыгып, корккону-нан бүтүндөй калтырай баштады. «Кечиресиз!» байкуш жаныбарды коркутуп алганын түшүнүп Алиса тез айтты. «Мен унутуп калыптырмын силердин мышыкты жаман көрөөрүңөрдү.»

«Мышыктарды жаман көрөт бекем?» Чычкан чыңырып кыйкырды. «А *сен* аларды менин ордумда болсоң жакшы көрөт белең?»

«Жок, менимче,» Алиса аны тынчытканга аракеттенди. «Суранам, ачууланбаңыз! Кандай өкүнүчтүү, сизге мен биздин Динаны көрсөтө албайм. Эгер сиз аны көргөн эле болсоңуз, сиз, менимче, мышыктарды жакшы көрүп калмаксыз. Ал ушундай сүйкүмдүү, ушундай токтоо,» туздуу сууда илкий сүзүп баратып Алиса ойго бата сөзүн улады. «Өзүндө, каминде отурат да, бырылдайт, жуунат. Анан ушундай жумшак, сылап гана отургуң келет! Ал эми чычканды кандай кармайт дейсиң!.. Ай, кечиресиз! Кечириңиз, суранам!» Чычкандын жүндөрү үрпөйө түштү—Алиса аны абдан катуу таарынтканын түшүндү. «Эгер сиз каалаcаңыз, бул жөнүндө биз экинчи сөз кылбайбыз.»

«Биз?» деп кыйкырды башынан куйругунун учтарына чейин калтыраган Чычкан. «Бул сөздү мен баштагансып! Биздин үй-бүлөдө дайыма мышыктарды *жаман көрүшчү*. Пас, кара мүртөз, адепсиз! Аларды уккум да келбейт!»

«Макул, макул!» деп ынанды Алиса, сөздү башкага бурганга шашып. «А… иттер… сизге жагабы?» Чычкан үндөгөн жок. «Биздин жаныбызда ушундай бир сүйкүмдүү ит жашайт!» кубанып сөзүн улады Алиса. «Мен аны менен сизди тааныштырууну ушунчалык каалайт элем! Кичинекей терьер! Көздөрү жалтырайт, ал эми жүнү күрөң, узун, тармал! Ага бир нерсе ыргытсаң, дароо кайра алып келип берет, анан жагалданып сенден сөөк сурайт! Эмнени гана кылбайт—баарын эстей албайсың! Анын ээси фермер: „бул иттин баасы жок!“ деп калат. Ал ит тегерек-четтеги бардык келемиштер менен бардык чычкандарды жок кылды... Ай, кудай ай!» капалуу унчукпай калды Алиса. «Аны мен дагы таарынттым окшойт!» Чычкан болгон күчү менен андан арылап сүздү, суунун үстү а тургай толкун боло түштү.

«Чычкан, алтыным!» аркасынан Алиса мээримдүү кыйкырды. «Суранам, кайрылыңыз. Эгерде мышык менен иттерди уккуңуз келбесе, мен алар жөнүндө мындан ары сүйлөбөйм!» Муну угуп, Чычкан артка бурулду да, жайбаракат кайра сүзүп келди. Ал ушунчалык өң-алеттен кеткен. («Жини келгенден!» деп ойлоду Алиса). «Жээкке чыгалы,» деди акырын, калтыраган үнү менен Чычкан, «Мен дагы сага өзүмдүн окуямды айтып берем. Ошондо сен түшүнөсүң, эмнеге мышык менен иттерди жаман көрөөрүмдү.»

Чынында эле жээкке чыгыш керек болчу. Көлчүк ага кулаган ар кандай канаттуулар менен жаныбарлардан улам тар болуп бараткан. Ал жакта Өрдөк, Додо чымчык, Лори тотукуш, Эд балапан жана дагы башка таңгалаарлык жандыктар бар болчу. Алиса алдыга сүзүп жөнөдү, баары анын артынан жээкке жөнөштү.

III Бап

Тегеренип Чуркоо жана Узак Баян

Жээкке чогулган коомчулук абдан эле үрөйү суук көрүнөт: куштардын канаттары үрпөйгөн, жаныбарлардын жүндөрү жети катарынан суу болгон. Алардын суусу булак болуп агып, өздөрү көк муштум болуп, чыйрыгып турушту.

Баарыдан мурда, албетте, кантип тез кургоо керектигин ойлонуу керек болчу; кеңешип башташты, бир нече мүнөт да өтпөй Алиса алар менен кылым бою тааныштай сүйлөшүп калды. Ал а тургай: «Мен сенден улуумун, кайсы эмне экендигин сенден жакшы билем!» деп тултуюп алып тынымсыз кайталаган Лори тотукуш менен талашып дагы кетти. Алиса андан жашы канча экенин сурады эле, бирок тотукуш жооп бергенден такыр эле баш тартты; ошону менен талаш дагы токтоду.

Акыры бардыгы ызаат менен кайрылган Чычкан: «Отургула, баарыңар отургула да, уккула. Силер азыр *көз ачып жумганча* кургайсыңар!» деп кыйкырды. Бардыгы тилин алып, аны курчай отурушту, ал эми Чычкан ортосунда турду. Алиса андан көзүн алган жок—өзүнүн дароо кургап калбаса катуу тумоолоп калаарын сезди.

«Гхе-гхе!» Чычкан маанилүү түр менен жөтөлдү. «Баарыңар даярсыңарбы? Анда баштадык. Бул силерди көз ачып жумганча кургатат! Тынчтангыла! „Вильгельм Басып алуучу рим папасынын батасы менен катуу бийликке муктаж болуп, өз кылымында такты менен жерлерди акыйкатсыз басып алган көп окуяларды көргөн англосаксондорду толук баш ийдирип алууга жетишкен. Эдвин, Мерсиянын графы жана Моркар, Нортумбриянын графы…“»

«Ош-шондой!» деди да, Тотукуш калтырап кетти.

«Кечиресиз,» үтүрөйүп сурады Чычкан өтө эле адептүүлүк менен, «сиз бирдеме айткандай болдуңуз го?»

«Жок-жок,» шашыла жооп берди Тотукуш.

«Мага угулгандай болдубу,» деп койду Чычкан. «Ошентип, улантабыз. „Эдвин, Мерсиянын графы жана

Моркар, Нортумбриянын графы Вильгельм Басып алуучуну колдошкон, ал тургай Стиганд, архиепископ Кентерберийский дагы, ал эми муну акылдуу деп табышкандар…“»

«*Эмнени* табышкан?» деп сурады Өрдөк.

«*Муну* табышкан…» деп буйдала түштү Чычкан. «Сен эмне билбейсиңби, „бул“ деген эмне экенин?»

«Ошону билбей калыптырмынбы,» деди Өрдөк. «Качан мен бирдемени тапканда, ал адатта бака же курт болот. Кеп ушунда—архиепископ эмне тапты?»

Чычкан анын айтканына көңүл бөлбөй андан ары шашыла сөзүн улады:

«„…муну акылдуу деп таап, Эдгар Этелинг менен бирге Вильгельмге барып, ага таажыны сунуш кылууну чечти. Башында Вильгельм өзүн токтоо кармайт, бирок аны норман аскерлеринин уятсыздыгы…“ Кандай эми, татынакайым, кургап атасыңбы?» сөзүн токтоткон Чычкан Алисадан сурады.

«Менден дагы эле суу агып жатат,» деди Алиса капалуу. «Мен кургоо жөнүндө ойлогон да жокмун!»

«Андай болсо,» салтанаттуу жарыялады Додо, «мен тезирээк … эң шашылыш чараларды көрүү максатында чогулушту токтоосуз таркатуу жөнүндө резолюция кабыл алууну сунуш кылам…»

«Адамча айтсаңыз,» деди Эд балапан. «Мен бул сөздөрдүн жарымын дагы билбейм! Анан сиз өзүңүз деле, менимче, аларды түшүнбөйсүз.» Анан Балапан күлкүсүн жашырыш үчүн артка бурулду. Канаттуулар үн чыгарбай кыткылыктап калышты.

«Мен,» деп таарынып сүйлөдү Додо, «тегеренип чуркоону уюштуруу керек дейин дегем. Анда биз көз ачып жумганча кургайбыз!»

«А бул эмне?» деп сурады Алиса. Чынын айтканда тегеренип чуркоосу эмне экени Алисаны анча деле кызыктырган эмес, бирок Додо бир сыр менен үн катпай—суроо беришсин деп күтүп жатты окшойт—баары жапырт үндөбөй калгандыктан, Алисага суроо узатканга туура келди.

«Эмне деп түшүндүрсөм,» деди Додо, «көргөзгөн жакшыраак!» (Балким силердин да качандыр бир кышында бул оюнду ойногуңар келеттир? Андай болсо мен силерге Додо эмне кылганын айтып берем.)

Алгач ал жерге айлана тартты. Ырас, айлана анчейин түз деле болгон жок, бирок Додо: «Форманын тууралыгы анчалык маанилүү эмес!» деп койду. Андан кийин бардыгын эч кандай тартипсиз эле айлананы тегеректетип тургузуп чыкты. Эч ким буйрук берген жок—баары тең каалаганда тегеренип чуркап жатышты. Бул мелдеш кантип жана качан токтошу керектигин түшүнүү кыйын эле. Жарым сааттан кийин, баары болушунча жүгүрүп, кургап бүткөн соң Додо: «Чуркоо токтосун!» деп кыйкырды. Бардыгы анын айланасына үймөлөктөшүп, энтигип сурап башташты: «Ким жеңди эми?»

Бул суроого Додо эмне дешти ойлонбогондуктан жооп берген жок. Ал сөөмөйүн чекесине такаган бойдон катып (мындай позада адатта Шекспирди элестетишет, эсиңердеби?), ойго чөмүлүп калды, ал эми калгандар аны тегеректеп унчукпай күтүп турушту. Акыры, Додо үн катты: «*Баары* жеңди! Жана *ар бири* сыйлык алат!»

«А сыйлыкты ким таркатат?» баары жабыла *кыйкырышты.*

«*Бул*, албетте,» деди Додо, Алисаны сөөмөйү менен көзөй көрсөтүп. Баары Алисаны курчап, бири-биринен озунуп кыйкырып башташты: «Сыйлык! Сыйлык! Сыйлыктарды тарат!»

Алиса абдырай түштү. Эмне кылаарын билбей колдорун чөнтөгүнө салып, бир баштык цукат алып чыкты. (Бактыга жараша, көзүнүн жашы аны суулап салбаптыр).

Аны чогулгандарга таркатты—ар бирине бирден цукат туура жетти.

«Бирок буга да сыйлык бериш керек да,» деди Чычкан.

«Албетте,» сөздү дароо олуттуу илип кетти Додо. Анан Алисага бурулуп: «Сенин чөнтөгүңдө бирдеме калдыбы?» деп сурады.

«Жок,» деп жооп берди Алиса маанайы пас. «Оймок эле бар.»

«Келе аны мага!» деп буйруду Додо.

Анан баары кайрадан Алисанын айланасына үймөлөктөшүп калышты, Додо болсо ага салтанаттуу түрдө оймокту кайра берип: «Биз сенден ушул көрктүү оймокту сыйлыкка алып коюуну өтүнөбүз!» деди. Бул кыска кеп аны жактырган кыйкырыктар менен коштолду.

Алисага бул шаан-шөкөт абдан күлкүлүү көрүндү, бирок баарынын тең кебетелери абдан олуттуу болгондуктан, күлө албады. Ал Додонун сөзүнө жооп бергидей сөз таба алган жок, болгону адептүү гана таазим кылып, оймокту алды.

Бардыгы жей башташты; ачуу чуу менен дүрбөлөң көтөрүлдү. Чоң куштар өз цукаттарын заматта жутуп коюшуп, даамын татканга дагы үлгүрбөгөнүн айтып даттана баштады; ал эми кичирээк куштардын тамагына цукаттар такалып—аларды далыга какканга туура келди. Акыры баары жечүсүн жеп бүтүп, кайрадан тегерек болуп отурушту дагы, Чычкандан бирдеме айтып берүүнү өтүнүштү.

«Сиз мага өз окуяңызды айтып берем деп убада кылгансыз,» деди Алиса. «Ошондо сиз эмне үчүн М менен И ни жаман көргөн болосуз?»

Акыркы сүйлөмдү ал Чычканды кайрадан таарынтып албаштын айласы кылып шыбырап айтты.

«Бул абдан узак жана кайгылуу окуя,» деп баштады Чычкан үшкүрүп.

Үндөбөй калды да, капысынан чый этти:

«Куйруктай болгон!»

«*Куйруктай?*» кайталады Алиса түшүнбөй, анан анын куйругуна карады.

«*Куйруктай* капалуу окуя дейсизби? Куйругуңуз жайында эле го.»

Чычкан сүйлөп бүткүчө Алиса дале болсо мунун чычкандын куйругуна кандай тиешеси бар экендигин эч бир түшүнө алган жок. Ошондуктан Чычкан айтып берген окуя анын элестөөсүндө мындай көрүндү:—

«Мышык собол
салды чычкан-
га: „Канат
керек ма-
ган учканга.
Кошо тиле,
аным ишке
ашса, Тырмак
салам жалаң
куштарга.
Унутамын
сени түбөлүк,
Араздаш-
пай эми
жүрөлүк.
Ынтымак-
сыз өмүр
сүрүүнүн
Өзү жаман,
өзү түбү
өлүк. Чо-
чулабай
чыккын
ийниңен,
Мен өзү-
ңө толук
жибигем.“
Чыкты
чычкан
көөнү
көйкө-
лүп, Кас
сөзүнө
жүрөгү
ийиген.
Бирок
көздөр
айтып
башканы,
Лып деп
мышык
турат
басканы.
Жүрөгү
солк этип,
ийнине
Байкуш
чычкан
кайра
качканы…

«Укпай жатасың сен!» Эчтекеден эчтеке жок эле ачууланып чырылдап жиберди Чычкан.

«Жок, эмнеге,» токтоо жооп берди Алиса. «Сиз, менимче, бешинчи айлампага жеттиңиз, ушундайбы?»

«Рахмат!» ачууланды Чычкан. «Мына, сенин айыңдан учугун да таппай калдым!»

«Учугун жоготтуңузбу? Балким чөптүн арасына түшкөндүр. Мен издеп көрөйүнчү, руксат берсеңиз!» (Ал дайыма жардам бергенге дилгир эле.)

«Кереги жок!» деди Чычкан таарынычтуу, анан турду да, ары жөнөдү. «Болбогон нерсени сүйлөйсүң! Сен, чын эле, мени ыза кылгың келгендей!»

«Сиз эмне!» каршы болду Алиса. «Бул менин оюмда да жок болчу! Сиз дайыма жөн эле таарынасыз.» Чычкан жооп катары күңкүлдөп гана койду. «Суранам, кетпеңиз!» аркасынан кыйкырды Алиса. «Бизге өз окуяңызды айтып бүтүңүз!»

Аны баары жапырт колдошту: «Ооба-ооба, кетпеңиз!»

Бирок чычкан башын сабырсыз чайкады да, катуулап жүгүрдү.

«Анын калууну каалабагандыгы кандай өкүнүчтүү!» деп үшкүрдү Лори тотукуш, ал караан үзүп кеткенден кийин. Ал эми картаң Медуза өзүнүн кызына: «Ай, кымбаттуум, бул сага сабак болсун! Дайыма *өзүңдү кармана билишиң керек*!» деди эле:

«Тилиңизди кичине тартсаңыз, энеке,» деп жооп берди жаш Медуза жеңил гана туталанып. «Бул сиз айта турган нерсе эмес. Сиз жадагалса устрицанын да кыжырын кайнатасыз!»

«Мына ушул жакка биздин Дина келсе болмок!» эч кимге көңүл бурбастан катуу айтты Алиса. «*Ал болгондо* аны заматта артка кайрып келмек!»

«Сураганга руксат берсеңиз: Дина деген ким?» кызыга түштү Лори.

Алиса өзүнүн сүймөнчүгү жөнүндө кубанып сөз кылаар эле. «Бул биздин мышык,» дилгирлик менен жооп берди.

«Сиз анын чычканды кандай кармаарын элестете да албайсыз! Ал эми канаттууларды кандай кармайт дейсиз! Чымчыкты көрдүбү—ошол эле замат жегенге!»

Бул сөз чогулуп тургандарга таңгалаарлык таасир этти. Канаттуулар үйлөрүнө шашкаландап калышты. Картаң Карга жүн жоолугун ороно баштады. «Кой, үйгө жөнөйүн!» деди ал. «Түнкү аба менин тамагыма зыян.» Ал эми Канарейка болсо калтыраган үнү менен өзүнүн балдарын чакырып баштады: «Үйгө кетели, күчүктөрүм! Силер эбак эле укташыңар керек болчу!» Бат эле ар кайсы шылтоолор менен баары үйлөрүнө тарап жок болушту, Алиса жалгыз калды.

«Мен эмнеге Дина жөнүндө сөз козгодум экен!» капалуу ойлоду Алиса. «Мен анын дүйнөдөгү эң жакшы мышык экенин билсем дагы, ал бул жерде эч кимге жакпайт! Ах, Дина, сүйкүмдүүм! Мен сени кайра көрөмбү?» Эми байкуш Алиса кайрадан ыйлап баштады—ага ушунчалык көңүлсүз жана жалгыз болду. Бир аз убакыт өтпөй кайрадан кадамдардын жеңил дабышы угулду. Ал жалт карады: балким, бул ачууланганын токтотуп, окуясын аягына чейин айтып берейин деп келген чычкандыр?

IV Бап

Билл Мордон Ыргып Чыкты

Бирок бул Ак Кролик болчу—ал толкундануу менен жан-жагын карап, бир нерсени издегенсип жайдан кетенчиктеди. Алисага анын кантип кобурап жатканы угулуп турду: «Ай, Герцогиня! Герцогиня! О менин байкуш тамандарым! О менин жүнүм менен муруттарым! Ал мени өлтүрөт! Сөзсүз өлтүрөт! Мен аларды каякка жоготтум?» Алиса дароо эле анын желдеткич менен ак мээлейлерди издеп жатканын түшүндү жана чын көңүлүнөн жакшылык кылып таап берейин деп издөөгө киришти; бирок желдеткич менен мээлейлер эч жерде жок эле, ал көз жаштын көлчүгүндө сүзүп жүргөнчө айлана-тегеректе баары өзгөргөн—айнек үстөлү жана кичинекей эшикчеси бар чоң зал дагы толугу менен жоголгон.

Бат эле Кролик бирдеме издеп убараланган Алисаны байкады. «Эй, Мэри-Энн,» ачууланып кыйкырды ал, «а *сен* бул жерде эмне кылып жүрөсүң? Үйгө жүгүрүп баргын дагы, мага бир жуп мээлей жана желдеткич алып келе кал!

Бол, шашыл!» Алиса ушунчалык коркконунан буту үзүлгөнчө тапшырманы аткарганга шашылды. Ал тургай ал Кроликке аны жаңылыш чакырганын түшүндүргөнгө дагы аракет кылган жок.

«Ал, балким, мени горничная менен алмаштырып алды,» деп ойлоду жүгүрүп баратып. «Эми мына таңгалат менин ким экенимди билгенде! Баары бир, тапсам эле, албетте, ага мээлейлер менен желдеткичти жеткирем!» Ушул маалда тыпырайган таптаза үйдү көрдү. Эшигинде жылтырата тазаланган жез тактайча мык менен уруп бекитилген, тактайчада: «А. КРОЛИК» деген жазуусу бар. Алиса эшикти каккан жок—кирип барды дагы, тепкич менен өйдө жүгүрдү. Ал чыныгы Мэри-Эннди жолуктуруп калгандан ушунчалык коркту—албетте, ал аны үйдөн жөн эле кууп чыкмак, анда Кроликке желдеткич менен мээлейлерди жеткире албай калмак.

«Кандай таңгалаарлык, мен Кроликтин тапшырмаларын аткарып жүрөм!» деп ойлоду Алиса. «Мындан башка дагы Динанын гана мени жумшаганы жетпей турат!» Анан ал бул нерсенин кандай болоорун ойдон чыгара баштады. „Алиса урматтуум! Бул жакка тезирээк келиңиз! Сейилдөөгө чыгаар убагыңыз, ал эми сиз али кийине элексиз!“—„Азыр, няня! Дина келгенче мен чычкандын ийинине көз салып турушум керек. Ал мага чычканды качырып ийбе деп тапшырган!“ Бирок аны минтип башкарып отурса, Динаны, балким, кууп чыгышат үйдөгүлөр!»

Ушундайча ой жүгүртүп жатып ал терезенин жанында үстөл, анын үстүндө болсо, ал үмүт кылгандай, желдеткич жана бир нече жуп мытыйган мээлейлер жаткан, тазалыгынан жалтыраган кичинекей бөлмөгө эптеп өттү. Алиса желдеткичти жана бир жуп мээлейди алып, бөлмөдөн такыр чыгып кетээринде капысынан күзгүнүн жанындагы кичинекей бөтөлкөнү көрүп калды. Анда: «МЕНИ ИЧ» деген жазуу жок эле, бирок Алиса аны ачып, оозуна алып келди. «Мага бир нерсе жутканга болот,» деп ойлоду ал. «Дал ушул эле жерден *кандайдыр бир* кызык боло калсын. Көрөбүз, бул жолу эмне болоор экен! Мен кайрадан боюмдун өскөнүн абдан каалайм. Мындай кичинекей болгондон жададым!»

Так эле ошондой болду—Алиса болжогондон да алда канча тез болду. Башы шыпка такалып калганча ал жарымын дагы ичип бүткөнгө үлгүргөн жок; мойнун сындырып албаш үчүн ага бүгүлгөнгө туура келди. Бөтөлкөнү үстөлгө тез коё салды. «Болду, жетишет,» деди ал. «Ушу менен токтойм деп ойлойм. Мен ансыз да эми эшиктен батпайм. Эмнеге мынча көп ичтим экен!»

Өкүнүчтүү! Эми кеч болуп калган; ал өскөндөн өсүп отурду. Ага тизелеп отурганга туура келди—бир мүнөттөн кийин бул дагы аздык кылып калды. Бир колуна чыканактап (колу эшиктин өзүнө чейин жетип турду), экинчи колу менен башын бек кучактап жатты. Бир мүнөттөн кийин ага кайрадан тар боло баштады—анын өсүшү уланды. Ага эми бир колун терезеге коюп, бир бутун морго тыга салганга туура келди. Андан ары өскөнгө жер жок эле. «Эмне гана болбосун, мен мындан ары эч нерсе кыла албайм,» деди ичинен. «Мага эмне болот?»

Бирок, бактыга жараша, сыйкырдуу суусундуктун таасири ушуну менен токтоду, ал андан ары өскөн жок. Ырас, мындан ага жеңил болуп кеткен жок. Сактанганга өзгөчө деле үмүтү болбогондуктан, анын кайгыра баштоосу деле таңгалаарлык эмес болчу.

«Үйдө кандай жакшы эле!» деп ойлоду байкуш Алиса. «Үйдөн боюм дайыма бир калыпта болчу! Анан кайдагы бир чычкандар менен кроликтер колдон келет кылып мени жумшап алчу эмес. Эмнеге мен ушу кроликтин ийинине кирдим экен! Ошентсе да… ошентсе да… Мындай жашоо менин көңүлүмө жагат—мында бардыгы адаттагыдай эмес! Кызык, *мага эмне болду*? Мурда жомок окуганымда андагы нерселер жашоодо болбой турганын жакшы билчүмүн, эми болсо өзүм ага туш болдум! Мен жөнүндө чоң, жакшы китеп жазылыш керек. Чоңоёюнчу, анан өзүм жазам...» Эми Алиса үндөбөй калды да, капалуу кошумчалады: «Ооба, бирок мен эми чоңойбодумбу... Жок дегенде *бул жерден* мен мындан ары эч жакка өсө албайм.»

«А балким мен ушул бойдон калып калам?» деп ойлогонун улантты Алиса. «Балким, бул жаман эместир— мен анда карыбайм! Ырас, мага өмүр бою сабак окуганга туура келет. Жок, *кереги жок*!»

«Ай, сен кандай акылсызсың, Алиса!» деп каршы болду өзүнө. «Кантип бул жерден сабак окуута болот? Сенин *өзүңө* орун эптеп жетип жатса... Окуу китептериңди кайда батырасың?»

Дилинде бир бул жагына, бир тигил жагына өтүп, ошентип ал өзү менен өзү сүйлөшүп, талашып-тартышып жатты. Маек абдан кызыктуу болуп жаткан, бирок терезенин алдынан кимдир-бирөөнүн добушу угулду—ал үн катпай тыңшап калды.

«Мэри-Энн! Мэри-Энн!» деп кыйкырды үн. «Апкел бул жакка мээлейлерди! Шашыл бол тез!» Анын артынан тепкичтен кичинекей буттардын дүбүртү угулду. Алиса аны Кролик издеп жатканын түшүндү жана өзү андан азыр миң эсеге чоң экендигин да, андан корккудай жөнү жок экендигин да унутуп, ушундай калтырады, үй бүтүндөй чайпала түштү.

Кролик эшикке жакындап келип, аны тамандары менен түрттү, эшик бөлмөнү көздөй ачылмак, ал эми Алиса чыканактап, аны тирep жаткандыктан, эшик козголгон жок. Кроликтин: «Айла жок, үйдү айланып аркасына барам да, терезеден чыгам…» дегенин укту.

«Ой, *жок*!» деп ойлоду Алиса. Өзүнүн эсеби боюнча Кролик терезеге жакын келээр учурду күтүп, божомолдоп колун сунду да, кармамак болду. Кыйкырык чыгып, бирдеме шалп этип жыгылды, сынган айнектин үнү угулду—ал бадыраңдар өстүрүлгөн теплицага, же ушул өңдөнгөн бирдемеге кулап түштү окшойт.

Андан соң ачууланган кыйкырык чыкты. «Пат! Пат!» деп кыйкырды Кролик. «Сен деги кайдасың?» Эми Алиса мурда укпаган кандайдыр бир үн: «Мен мындамын! Алмаларды казып жатам, улук таксыр!» деп жооп кылды.

«Алма казып жатам!» ачууланды Кролик. «Убакытты тааптырсың! Андан көрө мага жардам бер, *бул жерден* чыкканга!» (Кайрадан сынган айнек шыңгыр этти.)

«Айтсаң, Пат, тиги терезедеги эмне?»

«Кол, албетте, улук таксыр!» (Акыркы сөздү ал бүдөмүктөнтүп айтты эле—«үнүң каткыр!» деген сыяктуу бирдеме угулду.)

«Кудайды кара, кайдагы кол? Кайдан көрдүң эле ушундай колду? Ал терезеге эптеп батты го!»

«Ал, албетте, ошондой, таксыр! Бирок бул кол!»

«Кандай болгон күндө деле ал жер анын орду эмес! Баргын да, алып сал аны, Пат!»

Узакка тынчтык өкүм сүрүп, анда-санда гана: «Таксыр, жүрөгүм ордунда эмес… кереги жок, таксыр! Суранам сизден…» деген шыбыр угулуп жатты. «Сен момундай коркоксуң! Айтканды кыл!» Алиса колун кайрадан терезеден ары чыгарып соймоңдотуп, дагы кимдир-бирөөнү кармаганга аракет кылды. Бул жолу *эки* ач айкырык угулду, жана кайрадан айнектер күбүлдү. «Андагы теплицалар кандай чоң!» деп ойлоду Алиса. «Кызык, алар эми эмне кылышаар экен! „Аны жогот, Пат!“ деп коет. Бул жерден жоголсом мен өзүм деле кубанычтуу болмокмун! Бу алардын мага кылган *жардамы* болмок!»

Ал дагы бир аз күтүп турду, бирок баары тынч. Бир аз өтпөй арабалардын кыйчылдаганы жана күңгүрөгөн үндөр угулду. Алар көп эле, жана алардын баары бири-биринен озунуп сүйлөп жатышты. «А экинчи тепкич кана?—Мага бирөөнү эле алып кел дешкен. Экинчиси Биллде!—Эй,

Билл! Аны бул жакка алып кел!—Аны бул бурчка койгула!—Биринчи аларды байлаш керек! Алар ортосуна да жетпейт!—Жетет, коркпо!—Ай, Билл! Арканды карма!—А чатыр көтөрөбү?—Абайла! Бул чатыр теңселип жатат—Учуп кетти! Кулап баратат!—Башыңды сакта!» (Катуу карс-курс эткен үн угулду). «Мына эми, бул кимдин кылганы?—Биллдикиндей көрүнөт.—Морго ким чыгат?—*Мен* чыкпайм! *Өзүң* чык!—Эч кандай, *жок*! Майласаң да!—Билл чыксын!—Эй, Билл! Угуп жатасыңбы? Кожоюн сени жөнөттү!»

«Ай, бул эмне дегендик!» деп ойлоду Алиса. «Демек, Билл чыгышы керек экен да? Баарын ага үйүп коюшту! Анын ордунда болсом мен эч кандай макул болмок эмесмин. Камин бул жерде, албетте, тарыраак, андай деле керилбейсиң, *ошентсе да* аны мен тээп жибере алам!»

Ал бутун мор менен ылдый болушунча жылдырып, күтүп калды. Акыры ал так эле анын үстүнөн кимдир-бирөө морду тырмалап жана шуудураган дабыш чыгып жатканын укту (эмне болгон жаныбар экенин түшүнгөн жок). «А мынакей Билл!» деди да, бардык күчүн жумшап буту менен тепти. «Кызык, эми эмне болот!»

Башында ал баарынын кыйкырганын укту: «Билл! Билл! Мына Билл учуп келатат!» Андан кийин Кроликтин үнү чыкты: «Эй, жанагы, бадалдардын жанынан! Кармагыла аны!» Андан кийин тынчып—кайра толкунданган үндөр чыкты: «Башын, башын кармагыла!—Ага коньяк бергиле!—Тамагына эмес—Кандайсың, карыя?—Эмне болуп кетти, карыя?—Айтып берчи, эмне болду, карыя!»

Акыры ичке, алсыз, чыйылдаган үн чыкты. («Бул Билл,» деп ойлоду Алиса.) «Өзүм да билбейм… Рахмат, башка керек эмес. Жакшы болуп калдым… Болгону ойлорумду гана чогулта албай турам. Сезгеним, мени ылдый жактан бирдеме тепкендей болду—анан эле фейерверктей болуп мына эмесе деп асманга!»

«Фейерверктей экени, ооба!» коштоп кетти калгандар.

«Үйдү өрттөш керек!» деди капысынан Кролик. Алиса болгон үнү менен кыйкырып жиберди: «Ошентип эле көргүлө—мен силерге Динаны тукуруп коём!»

Көз ирмемде өлүү тынчтык орноду. «Кызык, алар *эми* эмне кылышаар экен?» деп ойлоду Алиса. «Алар жок дегенде кичине бир нерсени түшүнүшсө, чатырды алып салышмак!» Эки мүнөттөн кийин ылдый жакта кайрадан кыймыл башталды. Алиса Кроликтин эмне деп жатканын укту: «Азырынча бир араба жетет.»

«*Эмнени* бир араба деп жатат?» деп ойлоду Алиса. Ал көпкө деле башын катырган жок: кийинки мүнөттө терезеге көп майда таштар ыргытылып төгүлдү—айрымдары түз эле анын бетине тийип жатты. Азыр мен муну токтотом,» деп ойлоду Алиса. «Токтоткула!» деп кыйкырды ал болгон үнү менен. «Болбосо жаман болот!» Кайрадан өлүү тынчтык орноду.

Ал ортодо Алиса таштар полго кулаары менен май токочко айланып жаткандыгын таң калуу менен байкап, нес болуп калды. «Эгерде мен бул май токочтордун бирин жесем,» деп ойлоду, «менин өлчөмүм өзгөрөөрү шексиз. Мындан ары эч кайда чоңоё албасым анык, демек, менимче, кичирээк болуп калам!»

Ал бир май токочту жеди дагы, бою ошол замат кичирейип баштаганын кубануу менен байкады. Ал эшиктен баткыдай болуп кичирейээри менен, ошол замат үйдөн атып чыкты; терезенин алдындагы канаттуулар менен жаныбарлардын бүтүндөй үйүлгөн тобун көрдү. Ортосунда жерде байкуш Билл кескелдирик жатат; эки деңиз чочкосу анын башын жөлөп, ага бөтөлкөдөн бирдеме ичирип жатышат. Алисаны көрүп, баары ага умтулушту, бирок ал алды-артына карабай безилдеп качып, тез эле чытырман токойго кирип кетти.

«Менин кылышым керек болгон биринчи нерсе,» деди өзүнө Алиса токойдо илкип жүргөнчө, «бул менин туура боюма өсүшүм; ал эми экинчиси—жанагы керемет бакчага жол табуу. Ушундай кылам—мындан жакшы план түзүү мүмкүн эмес!»

Чындыгында эле план укмуш эле— ушундай жөнөкөй жана ачык; бир гана жаман жери: мунун баарын кантип ишке ашыруу жөнүндө Алисада кенедей да элестөө болгон жок; капысынан таптак анын башынын үстүнөн кимдир бирөө катуу борсулдап үргөндө гана ал чытырман токойго коркуу менен карай, денесин калтырак басып, үстүгө көз чаптырды.

Эң эле чоң күчүк өзүнүн чоң төгөрөк көздөрү менен аны карап, ага тийип көрүүнүн аракети менен акырын тамани сунду. «Ба-а-йкуш, ки-чи-некей!» деди Алиса бөйпөңдөп. Ага ышкырып көрөйүн деди, бирок эриндери титиреп, ышкырык чыкпады. «Күчүк ачка болсочу? Анын алдында канча бөйпөңдөбө, эмнеси жакшы, эгер мени жеп салса!»

Алиса эңкейип жерден бир чыбык алды да, өзүнүн эмне кылып жатканын деле ойлонбостон, аны күчүккө сунду. Күчүк кубанганынан чыр-р этип, болгон тамандары менен абага секирип, чыбыкты кармап алды. Алиса буйтап, кубанган күчүк өзүн таптап салбасын деп коко тикендин аркасына жашынды. Ал күчүк кайрадан чыбыкты алам деп секирип, бирок күчүн эске албай калып тоңкочук атып учуп түшкөндө гана бадалдын башка жагынан көрүндү. «Аны менен ойногон,» деп ойлоду Алиса, «жүк ташуучу ат менен ойногондой эле го—карасаң, туяктарынын алдында калып өлчүдөйсүң!» Алиса кайрадан коко тикендин артына булт койду. Күчүк болсо чыбыктан ажырай алган жок: арыраак жүгүрүп кетет да, ырылдап үрүп кайрадан аны карай секирет, кайра ары жүгүрөт. Акыры эси ооп, оор дем алып, тилин салаңдатып, өзүнүн бакырайган көздөрүн жарым-жартылай жумуп, алысыраак отурду.

Качып кете турган убак дал ушул эле, Алиса бир да мүнөттү текке кетирген жок; чарчаганынан таптакыр демигип, күчүктүн үргөнү алыстап калганча жүгүрдү.

Ошондо гана токтоп, бир аз эс алыш үчүн лютиктин сабагына жөлөнгөн бойдон анын жалбырагы менен желпине баштады. «Күчүк болсо кандай жакшынакай!» деди ойго батып Алиса. «Аны ар кандай фокустарга үйрөткөн жакшы болмок, эгерде… эгерде менин боюм керектүү өлчөмдө болгондо! Ооба, баса, аз жерден унутуп кала жаздадым—мен дагы өсүшүм керек! Эстеп көрөйүнчү, кантип чоңойсо болот эле? Эгер жаңылбасам, бир нерсе жеш же ичиш керек. Бирок эмнени?»

Чын эле эмнени? Алиса айлана-тегеретесиндеги чөптөр менен гүлдөргө көз салды, бирок жегенге же ичкенге жарактуудай көрүнгөн дегеле эч нерсе көрө алган жок. Анча алыс эмес жерде козу карын өсүп туруптур—чоң, бою дээрлик аны менен тең, качан Алиса аны алдынан да, артынан да, эки жагынан да караганда анан анын оюна, мынча болду, анын шляпасынын үстүндө бирдеме жокпу, караш керектиги түштү.

Ал бутунун учу менен өйдө көтөрүлүп, жогору карады да—чоң көк жибек курттун көздөрүн учуратты. Ал колдорун көкүрөгүнө кайчылаштырып, айланасында болуп жаткандарга эч кандай маани бербей, жайбаракат узун кальянды тартып отуруптур.

V Бап

Жибек Курт Кеңеш Берет

Бир да сөз айтпай Алиса менен Жибек Курт бирин-бири көпкө караштм; акыры Жибек Курт кальянды оозунан чыгарып, уйку-соодогудай болуп жай үн катты:

«*Сен*... сен... кимсиң?»

Башталышы маектешүүгө анча деле ыңгай түзгөн жок. «Азыр, чынын айтайын, билбейм, мырза,» деп жооп берди Алиса тартынып.—«Мен билем, бүгүн эртең менен ойгонгондо *ким болчу экенимди*, бирок андан бери бир канча жолу өзгөрдүм.»

«Сен эмнени айткың келип жатат?» өкүм сурады Жибек Курт. «Сен деги өзүңдү түшүндүрчү?»

«Мен—мен эмесмин,» деди Алиса. «Өзүмдү түшүндүрүп да бере албайм, көрдүңүзбү...»

«Көргөн жокмун,» деди Жибек Курт.

«Сизге мунун баарын түшүндүргөн кыйын,» сылык үн катты Алиса. «Мен өзүм деле эч нерсе түшүнбөйм. Бир күндө өлчөмүңдүн ушунча жолу өзгөрүшү—ушундай чаташтырат.»

«Чаташтырбайт,» деди Жибек Курт.

«Сизде мындай нерсе болбосо керек, менимче,» деп улантты Алиса. «Бирок сизге качан куурчакка,—мындан качуу мүмкүн эмес да—андан кийин көпөлөккө айланганга туура келсе, сизге дагы бул кызыктай көрүнөт.»

«Эч кандай!» деди Жибек Курт.

«Андай деле *болушу мүмкүн*,» макул болду Алиса. «Бул *мага* кызык көрүнгөнүн гана билем.»

«Сен!» жек көрүп айтты Жибек Курт. «Сен кимсиң?»

Бул аларды маектешүүнүн башталышына кайрып келди. Жибек Курт аны менен ушунчалык суз сүйлөшүп жатканына Алиса бир аз тырчып турду; ал түзөлүп, үнү сүрдүүрөөк угулуш үчүн аракет кыла: «Менимче, ким экениңизди мага *сиз* биринчи айтышыңыз керек,» деди.

«Эмнеге?» таңгалганын жашырган жок Жибек Курт.

Бул дагы бир табышмак суроо эле; жана Алиса бир дагы ишенимдүү себеп таба албагандыктан, ал эми Жибек Курт абдан жаман маанайда сыяктуу болгондуктан, кыз жөн гана бурулду да, ары басып жөнөдү.

«Токто!» деп кыйкырды Жибек Курт анын артынан. «Мен сага аябай маанилүү бир нерсе айтышым керек.»

Бул кызыгаарлык угулуп, Алиса кайрылып келди.

«Өзүңдү колго карма!» деди Жибек Курт.

«Ушул элеби айтаарыңыз?» Алиса ачууланганын билдирбегенге тырышты.

«Жок,» деп жооп берди Жибек Курт.

Алиса күтө турууну чечти—анын баары бир кылаарга жумушу жок эле, балким чын эле Жибек Курт кызык бир нерсе айтат? Бир нече мүнөт бою Жибек курт түтүндүн буудагын үнсүз чыгарып, бирок андан кийин акыры колдорун жазып, кайрадан мүштөгүн оозунан алып чыгып, анан сүйлөп баштады: «Демек, сенин оюңча, сен өзгөрдүң?»

«Ошондой деп корком, мырза,» деди Алиса, «мен билген нерселеримди да эстей албайм—менин боюм өзгөрбөгөнчө он мүнөт да өтпөйт.»

«Эмнени эстей албайсың?» деди Жибек Курт.

«Мен „*Көлчүктөгү айды*“ окуп баштасам, таптакыр башкача бир нерсе болуп калды,» деди Алиса капаланып.

«„*Вильям ата*“ дегенди оку,» деп сунуш кылды Жибек Курт.

Алиса колдорун кайчылаштырып, ыр окуп баштады:—

«„Вильям ата,“ деди ынтызар чүрпөсү,
„Чачың куудай, жыргал менен кууралы
Өмүрүңдүн агарткандыр. Көк карап
А буттарың, башың төмөн… Туурабы?“

„Жаш кезеңде,“ кары акырын үн катты,
„Ар нерсени ойлогондон корккомун.
Туруп калдым аякты өйдө чыгарып,
Билгенден соң башымда мээ жоктугун.“

„Сен карыя,“ улантты жаш небере,
„Өзүм деле айттым муну башында.
А сен неге жеңил гана үч жолу,
Жасап койдуң анан сальто-мортале?“

„Жаш кезеңде,“ уулуна жооп айтты,
„Мен өзгөчө бир май менен сыйпангам.
Банктын эки шиллингине—бир мыскал,
Бир банка алып, сен да көргүн бир байкап.“

„Жаш эмессиң," деди ынтызар уулу анан,
„Бир азы кем жашап койдуң жүз жылды.
Ал ортодо бир отурсаң эки каз
Толук араң курсагыңды тойгузду."

„Жаш кезекте жаактарымдын булчуңун
Өнүктүргөм укуктарга ыктатып,
Атак үчүн чайнаганга үйрөнгөн
Жагдай үчүн энең менен чырдашып!"

„Ата мени кечирээрсиң суроом бул
　　Орой болсо, жооп бер эми арданбай:
Жандуу ысык кантип сенин мурдуңдун
　　Эң учунда жылып кетпей кармалган?“

„Болду, жетет!“ ачууланды атасы.
　　„Минте берсең чек-ченемден өтөсүң.
Берген суроон үчүн азыр бешинчи,
　　Тепкич санап тоголонуп кетесиң!“»

«Баары тең туура эмес,» деди Жибек Курт.

«Ооба, *анча деле* туура эмес,» коркуп макул болду Алиса. «Айрым сөздөрү анык эмес.»

«Баары тең ал ырдын сөздөрү эмес, эң башынан эң аягына чейин,» Жибек Курт ачуулана түштү.

Тынчтык өкүм сүрдү.

«А боюңдун кандай болушун каалайсың сен?»

«Ай, баары бир,» тез айтты Алиса. «Болгону, билесизби, ушундай жагымсыз, дайым эле өзгөрө берген…»

«*Билбейм*,» кесе айтты Жибек Курт.

Алиса унчукпады: өмүрүндө ага мынчалык каяша айтышкан эмес, эми ал чыдамы кетип баратканын сезди.

«А эми ыраазысыңбы?» деп сурады Жибек Курт.

«Эгер сиз каршы болбосоңуз, мырза,» деди Алиса, «мен жок дегенде *кымындай болсо да* чоңойгум келет. Үч дюйм—ушундай жаман бой!»

«Бул жакшы бой!» ачууланып кыйкырды Жибек Курт болушунча керилип. (Анын бою болгону үч дюйм эле.)

«Бирок мен ага көнгөн эмесмин!» даттана керилди бечара Алиса. А ичинен: «Бул жердегилер эмне мынча таарынчаак!» деп ойлоду.

«Акырындап көнөсүң,» каршы болгон Жибек Курт кальянды оозуна салып, түтүндү абага чыгарды.

Алиса Жибек Курт кайрадан ага каалабай туруп сөз айтып жиберүүгө маркамат кылганча чыдамсыздык менен күттү. Эки мүнөттөн кийин тигиниси оозундагы кальянды чыгарып, бир эстеди, эки эстеди, анан керилип-чоюлду. Андан кийин ал козу карындын үстүнөн жылмышып түшүп, Алиса менен коштошуп: «Бир жагынан тиштесең—өсөсүң, экинчи жагынан—кичирейесиң!» деген бойдон чөпкө жашынды.

«*Эмненин* бир жагынан?» деп ойлоду Алиса. «*Эмненин* экинчи жагынан?»

«Козу карындын,» деп жооп берди Жибек Курт, суроону уккан окшоп, жана көздөн кайым болду.

Бир мүнөтчө Алиса ойлонуп козу карынды карап калды, каягы биринчи, каягы экинчи жагы экенин түшүнгөнгө аракет кылды; козу карын тегерек болчу, жана бул аны таптакыр адаштырды. Акыры ал даап, колдору менен козу карынды кучактады да, ар бир жагынан бир кесимден сындырып алды.

«Кызык, кайсы жагы кандай?» ал ушинтип ойлоду да, оң колунда кармаган кесимден бир тиштеди. Ошол эле замат ал ылдый жактан ээгине урулган катуу соккуну сезди: буттары чалыштай түштү!

Мынчалык тез өзгөрүү аны абдан чочутту; бир дагы мүнөттү текке кетиргенге болбойт эле, анткени ал тездик менен кичирейип бараткан. Алиса экинчи кесимди жейин деди эле, бирок ээги аны буттарына катуу кысып тургандыктан, ал эч кандай оозун ача алган жок. Акыры оңунан чыкты—ал сол колундагы козу карындан кичине тиштеди.

«Мынакей, башым акыры бошоду!» кубанычтуу кыйкырды Алиса. Бирок анын кубанычы дароо эле коркунуч менен алмашылды: ийиндери кайдадыр житип кетти. Ылдый карады эле, бирок жалбырактардын жашыл деңизинин үстүндөгү шыргыйдай болуп сороюп чыгып турган укмуштай узундуктагы моюнду гана көрдү.

«Бул эмне болгон *көк өсүмдүк?*» деп үн катты Алиса. «А менин *ийиндерим* кайда жоголду? Менин байкуш колдорум, силер кайдасыңар? Эмнеге мен силерди көрбөйм?» Ушул сөздөрдү айтып, колдорун кыймылдатып көрдү, бирок аларды баары бир көрө алган жок, болгону жалбырактар аркылуу алыскы төмөн жактан шуудурак угулду.

Колдорун башына алып келүү мүмкүн эместигине ынангандан кийин, Алиса *аларга* башын эңкейтүүнү чечти жана таңгалуу менен өзүнүн мойнунун жылан сыяктуу каалаган багытка ийилээрине ишенди. Алиса жалбырактарга чумкуп кетүүгө аракеттенип (эми Алисага булардын дарактардын учу экендиги анык болду, эми эле өзү алардын алдында турбады беле) мойнун көрктүү ийри-муйру кылып созуп ийди эле, капысынан катуу кышылдак угулду. Ал калтырап, кетенчиктей түштү. Анын таптак бетине, ачууланып канаттары менен уруп, бактек качырып келди.

«Жылан!» деп кыйкырды Бактек.

«Эч кандай мен *жылан эмесмин*!» деди ачууланып Алиса. «Мени жайыма койгула!»

«А мен айтып жатам, жылан!» деп кайталады Бактек бир аз өзүн кармап. Анан бышактап, буларды кошумчалады: «Мен баарын эле кылып көрдүм, эч бир майнап чыкчудай эмес. Булар эч нерсеге тойбойт!»

«Дегеле эмнени айтып жатканыңызды түшүнгөн жокмун.»

«Дарактардын тамырлары, дарыя жээктери, бадалдар,» деп улантты Бактек, укпастан. «Ай, ушу жыландар! Аларга жакпайсың!»

Алиса уламдан улам таңгалып жатты. Ошондой болсо да ал Бактек сөзүн бүтмөйүн ага суроо берүү маанисиз экендигин түшүндү.

«Менин жумуртка басып чыгарып жатканым аз келгенсип, эми аларды күнү-түнү жыландардан да коргошум керек экен да! Мына үч жума болду, менин бир мүнөткө дагы кирпик какпаганыма!»

«Сиздин тынчыңызды ушунча алгандарына өкүнөм,» деди эмне жөнүндө кеп болуп жатканын түшүнө баштаган Алиса.

«Анан мага эң бийик дарактын үстүнө отуруктaшууга туура келди,» деп улантты Бактек уламдан улам күчөп, акыры кыйкырык чыгарып, «Мен ойлогом, акыры булардан кутулдум деп, жок, көрсө! алар кайдан-жайдан чыга калып даяр боло калышат! Мага түптүз асмандан жабышышат! У-у! Коңулдагы кара жылан!»

«Эч кандай мен *жылан* эмесмин!» кыйкырып жиберди Алиса. «Мен жөн эле… жөн эле…»

«Кана, айт, айт, *сен* кимсиң?» улап кетти Бактек. «Дароо көрүнүп турат, бир нерсе ойлоп чыгарганы жатканың.»

«Мен… мен… кичинекей кызмын,» анчейин ишенимсиз күбүрөдү Алиса бул күндүн ичинде канча жолу өзгөргөнүн эстеп, анчалык ишеңкиребей.

«Эми, албетте,» деди Бактек аябагандай жек көрүү менен. «Өз өмүрүмдө көп эле кыздарды көргөм, бирок мындай мойну бар—*бирөөн дагы*! Жок, мени алдай албайсың! Эң чыныгы жылан—мына сен кимсиң! Сен мага дагы айтаарсың, бир да жолу жумурткаларды жеп көргөн эмесмин деп.»

«Жок, эмнеге, *жеп көргөм*,» деп жооп берди Алиса. (Ал дайыма чындыкты айтчу.) «Кыздар, билсеңиз, алар да жумуртка жешет.»

«Андай болушу мүмкүн эмес,» деди Бактек. «Бирок эгер мындай болсо, анда алар да жыландар—ошондой гана!»

Мындай ой Алисаны ушундай таңгалдыргандыктан, үндөбөй калды. Ал эми Бактек кошумчалады: «Билем, билем, сен *жумуртка* издеп жатасың! Ал эми сен кызсыңбы же жылансыңбы—мага баары бир.»

«Бирок *мага го* бул такыр баары бир эмес,» каршылык көрсөткөнгө шашты Алиса. «Анын үстүнө мен дегеле жумуртка издеген жокмун! Ал тургай издеген күндө дагы, *сиздин* жумурткаларыңыз мага керек эмес—мен чийкини жакшы көрбөйм!»

«Андай болсо жогол!» деди Бактек үтүрөйүп, анан кайрадан өз уясына отуруп калды. Алиса болсо жерге түшө баштады, бул таптакыр оңой эмес болуп чыкты: мойну улам бутактардын арасында илинип калат, андыктан улам токтоп, аны ал жактардан чыгарып турганга туура келди. Бир аздан кийин Алиса дагы эле колдорунда козу карындын кесимдерин кармап турганын эстеди, акырындап бирөөнөн, кайра экинчисинен кичинеден тиштеп, бир чоңоюп, бир кичирейип, акыры өзүнүн *мурдагы кебетесине* келмейин аракет кылды.

Алгач бул абдан кызыктай көрүндү, анткени ал өзүнүн мурдагы боюн унутайын деп калган, бирок бат эле көнүп, кайрадан өзү менен өзү сүйлөшүп баштады. «Мынакей, ойлогонумдун жарымы жасалды! Ушул өзгөрүүлөрдүн бардыгы кандай таңгалаарлык! Кийинки көз ирмемде сен эмне болосуң билбейсиң... Эчтеке эмес, боюм кайрадан мурдагыдай. Азыр эми баягы таңгалаарлык бакчага жетиш керек. Аны кантип ишке ашырса болот?» Эми ал төрттөн ашык эмес футтагы бийиктиктеги кичинекей үй турган аянтка чыкты. «Ал жакта ким жашаарын билбейм,» деп ойлоду, «бирок мындай кебете менен ал жакка барганга болбойт. Аларды өлөөрчө коркутам!» Ошентип ал оң колундагы кесимден керте тиштеп, тогуз дюймга чейин кичиреймейин үйгө барган жок.

VI Бап

Торопой менен Мурч

Ал капысынан токойдон малай чуркап чыгып эшикти тарсылдата баштаганча үйдү тиктеп ойлуу турду. (Анын малай экенин жаркырак топчулуу, ноко бастырылган кийиминен улам билди; болбосо анын жүзүнө карап жөн эле балык дешке болот эле). Ага дене түзүлүшү тоголок, көздөрү чакчайган башка бир малай эшик ачты. Алиса ал экөөнүн тең баштарында узун зулптуу, пудраланган жасама чачтар бар экендигин байкады. Анын бул жерде эмне болуп жатканын билгиси келди,—жакыныраак келип, тыңшай баштады.

Балык Малай колтугунун алдынан чоң катты сууруп чыгып (чоңдугу өзүнөн чоң болбосо кичине эмес), аны Бакага берди. «Герцогиняга,» деди ал адаттан тыш маанилүүлүк менен. «Канышадан. Крокетке чакыруу.» Бака катты кабыл алды жана алардын иретин кичине өзгөртүп анын сөздөрүн ошондой эле маанилүүлүктө кайталады: «Канышадан. Герцогиняга. Крокетке чакыруу.»

Андан кийин алар бири-бирине ушунчалык ийилип таазим кылышты, чачтарынын тармалдары аралаша түштү.

Алисаны ушундай күлкү басты, ага беркилер күлкүмдү укпасын деп алысыраак токойго кире качууга туура келди; качан ал кайтып келип, бактардын арасынан шыкаалаганда Балык Малай жок болчу, ал эми Бака эшиктин оозунда жерде асманга маанисиз тигилген бойдон отуруптур.

Алиса тартынып эшикке жакындады да, такылдатты.

«Такылдатыш керек эмес,» деди. «Эки себеп менен керек эмес: биринчиден, мен деле эшиктин сен жак тарабындамын, ал эми экинчиден, алар тиякта ушундай чуулдап жатышат, сени баары бир эч ким деле укпайт.» Чындыгында эле үйдө укмуштуудай *ызы-чуу* болуп жаткан—кимдир-бирөө кыңылдайт, бирөөсү чүчкүрөт, мезгил-мезгили менен идиштерди бири-бирине каккылап жаткандай кулак тундурган шаңгырап-каңгыраган үн угулат.

«Айтсаңыз,» деди Алиса, «мен үйгө кантип кирсем болот?»

«Сен эшикти каккыласаң болмок,» улантты Бака, суроого жооп бербестен, «эгерде биздин ортобузда эшик турса. Сен тиякта болсоң, такылдатмаксың—анда мен сени киргизмекмин.» Ушул убакыт бою ал асмандан көзүн албай тиктеп отурду. Бул Алисага эң эле орой көрүндү. «Балким ал буга күнөөлүү эмес,» деп ойлоду. «Жөн эле анын көздөрү *дээрлик* төбөсүндө эмеспи. Бирок суроолорго, албетте, жооп берсе деле болмок.» «Мен үйгө кантип кирсем болот?» өкүм кайталады.

«Бул жерде отура берем,» деди Бака, «мейли эртеңге чейин деле…»

Ушул учурда эшик кең ачылып, Баканын башына чоң табак учуп келип тийди, бирок Бака көзүн да ирмеген жок. Табак анын мурдун жеңил сүрүп өтүп, анын аркасында турган бакка тийип сынды.

«…мейли бүрсүгүнкүгө чейин деле,» деп улантты ал эч нерсе болбогондой.

«Мен үйгө кантип кирсем болот?» Алиса катуураак кайталады.

«Ал жакка кирүүнүн кереги барбы?» нааразы болду Бака. «Кеп ушунда.»

Балким чын эле ошондойдур, бирок Алисага бул такыр жаккан жок. «Булар талашканды кандай жакшы көрүшөт, ушул жандыктар!» деп күбүрөдү өзүнчө. «Өздөрүнүн сөздөрү менен акылдан айнытат!»

Бака азыр өз сөздөрүн түрдүүлөп кайталоонун учуру деп чечкендей. «Ушинтип ушул жерде отура берем,» деди, «тыныгуулары менен, күн артынан күн…»

«А мен эмне кылышым керек?»

«Эмне кылгың келип жатат,» деп Бака ышкыра баштады.

«Муну менен сүйлөшөөр сөз жок,» ызаланды Алиса. «Бул ушундай келесоо экен!» Ал эшикти түрттү да, ичкери кирди.

Кенен ашканада түтүн уюлгуйт; орто жеринде үч буттуу отургучта Герцогиня ымыркайды терметип отурат; ашпоз аял мештин жанында сорпо жээгине чейин толгон чоң казандын үстүндө эңкейип турат.

«Бул сорподо мурч аябай көп!» деп ойлоду Алиса. Ал чүчкүрүп, эч бир токтой алган жок.

Кандай болсо да *абада* мурч абдан көп эле. Жадагалса Герцогиня мезгил-мезгили менен чүчкүрүп жатты, ал эми ымыркай чүчкүрүп, дем албай кыңылдап жатты. Ашканада эки гана жан: ашпозчу менен чоң мышык чүчкүргөн жок.

«Айтсаңыз, сиздин мышыгыңыз эмнеге мынчалык жылмайып жатат?» деп сурады Алиса тартынып. Ал өзүнүн биринчи сүйлөшү ал тараптан сылык болooруна анчейин деле ишенген жок.

«Анткени,» деди Герцогиня. «Бул Чешир Мышыгы— мынакей эмне үчүн! Торопой!»

Акыркы сөздөрүн ушундай каар менен айтты, жадагалса Алиса ордунан секирип кетти, бирок ал дароо эле бул сөз ага эмес, ымыркайга тиешелүү экенин түшүндү да, кайраттанып сөзүн улантты:

«Мен билбептирмин, Чешир Мышыгы дайыма жылмайып тураарын. Чынын айтканда мен дегеле мышыктардын *жылмая алаарын* билген эмесмин.»

«Билишет жылмайганды,» деп жооп берди Герцогиня. «Дээрлик баары эле жылмайышат.»

«Мен бир дагы мындай мышыкты көргөн эмесмин,» маектешүү эң жакшы жүрүп бараткаnына абдан ыраазы болгон Алиса сылык жооп берди.

«Сен көптү көрө элексиң,» кесе айтты Герцогиня. «Бул анык!»

Алисага анын сүйлөгөнү такыр жаккан жок, анан ал сөздү такыр эле башка нерсеге бурган жакшы болмок деп ойлоду. Дагы эмне жөнүндө сүйлөшсө болоорун ойлонгуча ашпозчу казанды оттон чыгарып, бекер сөз коротуп отурбай, колуна урунгандын баарын Герцогиня менен ымыркайга ыргытып уруп жатты: калак, көсөө, көмүр үчүн кычкач алардын башына келип тийди; алардын артынан чынылар, тарелка, табактар ыргыды. Бирок Герцогиня ага бирдемелери тийип жатса деле каш да серпип койгон жок; ал эми ымыркай болсо мурда деле ушундай ыйлап жаткан, анын денеси ооруп жатабы, жокпу түшүнүү кыйын эле.

«Акырыныңыз, *суранам сизден*,» деп кыйкырды Алиса, корkконунан так секирип. «Ой, так эле мурдуна тийди! Байкуш мурун!» Ушул учурда дал ымыркайдын жанынан чоң табак учуп өтүп, аз эле жерден анын мурдун үзүп кеткен жок.

«Эгерде кимдир-бирөө башка иштерге ыгы жок кийлигишпесе,» киркиреген үнү менен күңкүлдөдү Герцогиня, «жер тезирээк айланмак!»

«Эч *жакшы нерсе* деле болмок эмес андан,» деп каршы болду Алиса, өз билимин көрсөтө турган ыңгайга кубанып. «Өзүңүз деле элестетиңизчи, күн менен түнгө эмне болот эле! Жер күндү жыйырма төрт саатта бир тегеренип чыгат эмеспи…»

«Тегеренип?» кайталады Герцогиня ойлуу. Анан ашпозчуга бурулуп, кошумчалады: «Муну тегеретип салчы! Алгач башын жул!»

Алиса тынчсыздануу менен ашпозчуга карады, тигиниси болсо бул ишарага эч көңүл да бурган жок, сорпосун аралаштырганды уланта берди. «*Көрсө*, жыйырма төрт саатта,» ойлуу улантты Алиса, «а балким он эки саатта?»

«*Менден* сураба,» деди Герцогиня. «Сандар менен эч качан келишкен эмесмин!» Ал бешик ырын ырдап, ар бир куплеттин аягында аны ачууланып силкип, ымыркайды термете баштады.

«Алдей, алдей бөбөгүм,
Кырма табак кырдырба.
Мурч кошулган сорпону,
Кыруусу менен куйдурба.

Алдей, алдей бөбөгүм,
Корк-корк этип ыйлаба.

Аш бышырган эжеңди,
Кокуйлатып кыйнаба.»

Кайырма
(Аны ымыркай менен ашпозчу коштоп кетишти):—
«Гав! Гав! Гав!»

Герцогиня ымыркайды шыпка ыргытып коюп экинчи жуп куплетти ырдап жиберди, ал эми тигиниси ушунчалык кыңылдап жаткандыктан, Алиса сөздөргө эптеп түшүнүп жатты.

«Алдей, алдей бөбөгүм,
Жапкан нандын ортосу.
Алдей, алдей бөбөгүм,
Жүрөгүмдүн толтосу.

Садагасы кетейин,
Сарысына жетейин.
Ат тээп ийгенсип,
Томолонуп кетейин.»

Кайырма
«Гав! Гав! Гав!»

«Карма!» деп кыйкырды капысынан Герцогиня, анан ымыркайды Алисага ыргытты. «Бир аз терметсең болот, эгер анткен сага жакса. А мен барып Канышанын крокетине кийинишим керек.» Ушуну айтып ал ашканадан жүгүрүп чыкты. Ашпозчу анын артынан удаа көмөчтанды ыргытты, бирок тийбей калды.

Алиса ымыркайды колунан түшүрүп ийбей аз-аз эле калды: ымыркайдын кебетеси кызыктай эле, ал эми колубуттары деңиз жылдызындай болуп туш-туш жакка чыгып турат. Паровоздой болуп байкуш кушулдөйт, Алиса аны колуна алганда, анын үстүнө жарымынан ийилип, анан кайра түздөлгөндо, кыскасы алгачкы мүнөттөрдө анын колунан келгени—ымыркайды түшүрүп ийбей кармоо гана болду.

Акыры ал кандай кармашты түшүндү: бир колу менен аны оң кулагынан, экинчиси менен сол бутунан кармап, түйүн кылып бурады да, колунан кичине да бошоткон жок. Үйдөн аны ошентип алып чыгуута туура келди. «Эгер мен ымыркайды өзүм менен алып кетпесем,» деп ойлоду Алиса, «алар бир-эки күндө аны өлтүрүп коюшат. Аны мында калтыруу—жөн эле кылмыш!» Акыркы сөздөрдү үнүн чыгарып айтты, ал эми ымыркай жооп катары акырын корк этти (анын чүчкүргөнү басылып калган). «Коркулдаба,» деди Алиса. «Өз ойлорун минтип билдирбейт!»

Ымыркай кайра корк этти—Алиса тынчсызданып, эмне болуп жатканын билиш үчүн анын бетин карады. Бети абдан шектүү көрүндү: мурду *ушунчалык* теңирейген, көбүрөөк чочконун тумшугуна окшошот, ал эми көздөрү ымыркай үчүн өтө эле кичинелик кылат. Кыскасы анын кебетеси Алисага таптакыр жаккан жок. «Балким ал жөн эле бышактады,» деп ойлоду да көздөрүн карады, анда жаш барбы деп.

Көзгө сүртөөр да тамчы жок. «Мына эмесе, кучүгүм,» деди Алиса олуттуу, «эгер сен торопойго айлангың келип жатса, мындан ары сени билгим да келбейт. Андыктан кара!» Байкуш кайрадан бышактады (же корк этти—айтуу кыйын!), анан алар жолдорун үнсүз улап баратышты.

Алиса кайра үйгө барганында ымыркайды эмне кылаары жөнүндө жаңы эле ойлонуп баштаганда капысынан ал дагы корк этти, андан дагы ушунчалык катуу коркулдады, Алиса коркуп кетти. Ал ымыркайдын жүзүнө тигилип, *даана* көрдү: бул чыныгы торопой эле! Аны андан ары көтөрүп жүрүү келесоолук болмок.

Ошентип Алиса кичинекейди жерге түшүрүп, анын жыргаган бойдон токойду көздөй көңүлдүү жүгүрүп кеткенин бир топ жеңилденүү менен карап турду. «Эгер ал бир аз чоңойгондо,» деп ойлоду, «андан такыр жагымсыз бала чыкмак. А торопой катары татынакай!» Анан алардан мыкты торопойлор чыкмак делген башка балдарды эстеп баштады. «Аларды кантип торопойго айлантканга болоорун билгенде,» деп ойлоду да, калтырап кетти: бир нече кадам ары бутакта Чешир Мышыгы отуруптур.

Алисаны алыстан көрүп калып, Мышык жылмайып койду. Анын көрүнүшү ак көңүл, бирок тырмактарынын

узун, тиштеринин укмуштай көптүгү ага урмат менен кайрылуута мажбур кылды.

«Чешик!» коркуп сөз баштады Алиса. Ал бул ат ага жагабы билген жок, бирок Мышык жооп катары көбүрөөк жылмайды. «Өчтеке эмес,» деп ойлоду, «жагат сыяктуу.» Үнүн чыгарып сурады: «Айтсаңыз, бул жерден мен каякка барсам болот?»

«А сен каякка баргың келет?» деди Мышык.

«Мага баары бир…» деди Алиса.

«Анда баары бир, кайда барсаң,» деди Мышык.

«…*кайдадыр бир жакка* гана барып калсам,» түшүндүрдү Алиса.

«Кайсы бир жакка сен сөзсүз туш келесиң,» деди Мышык. «Болгону жетишээрлик узак жол басыш керек.»

Муну менен макул болбой коюуга болбойт эле—Алиса сөздү бурууну чечти. «Бул жерде эмне болгон элдер жашайт?» деп сурады ал.

«*Тетигил жакта*,» деди Мышык оң таманын булгалап, «Шляпачы жашайт. Ал эми *тигил жакта*,» сол жагын булгалады, «Март Коёну. Баары бир, сен кимисине барсаң. Экөө тең өз акылында эмес.»

«Мага жиндилердин эмне кереги бар?» каршы болду Алиса.

«Эмне кыласың,» деди Мышык. «Бул жерде баарыбыз өз акылыбызда эмеспиз—сен дагы, мен дагы.»

«А сиз кайдан билесиз, менин өз акылымда эмес экенимди?» деп сурады Алиса.

«Албетте, өз акылыңда эмессиң,» деди Мышык. «Болбосо кантип бул жерде болуп калдың?»

Бул далил Алисага такыр ишеничсиз көрүндү, бирок ал талашып отурган жок, болгону кызыга түштү: «А сиз кайдан билесиз, өзүңүздүн өз акылыңызда эмес экениңизди?» деп гана сурады.

«Мындан баштайлы, ит өз акылында дейли. Макулсуңбу?»

«Макул дейли,» баш ийкеди Алиса.

«Андан ары,» деди Мышык. «Ит жини келгенде ырылдайт, качан ыраазы болгондо куйругун шыйпаңдатат. Ал эми мен качан ыраазы болгондо ырылдайм, качан жинденгенде куйругумду шыйпаңдатам. Ошондуктан мен өз акылымда эмесмин.»

«*Менимче* сиз ырылдабайсыз, бырылдайсыз,» каршы болду Алиса. «Кандай болгон күндө деле мен муну ушундай деп айтам.»

«Каалаганыңдай айт,» деди Мышык. «Мындан мааниси өзгөрбөйт. Сен Канышаныкынан бүгүн крокет ойнойсуңбу?»

«Мен каалайт элем,» деди Алиса, «бирок мени али чакырыша элек.»

«Ошол жактан көрүшөбүз,» деди да Мышык көздөн кайым болду.

Алиса буга анчейин таңгалган жок—эми ал бардык кызык нерселерге көнүп баштаган. Ордунан карыш жылбай азыр эле Мышык отурган бутакты карап турганча, кайрадан ошол эле ордунда ал пайда болду.

«Баса, ымыркайга эмне болду экен?» деди Мышык. «Сенден сурайм деп таптакыр унутуп калыптырмын.»

«Ал торопойго айланып кетти,» деп жооп берди Алиса дегеле беймарал, Мышык кадимки эле ыгында кайтып келгенсип.

«Мен ошентип ойлогом,» деди да Мышык кайрадан көздөн кайым болду.

Алиса ал кайра пайда болбойбу деп бир аз күтүп турду, бирок пайда болбогон соң Март Коёну жашайт деген жакты карай жөнөдү. «Чеберлердин шляпа жасагандарын мен буга чейин көргөм,» деди ичинен. «Март Коёну, менимче, эң эле кызыгы. Балким, азыр май айы болгондон соң, ал анча деле акылсыз эместир—кандай болсо да марттагыдай.» Эми ал өйдө карап, кайрадан бутакта отурган Мышыкты көрдү.

«Сен эмне дедиң: баланы торопойго айланып кетти дедиңби же кара койгобу?» деп сурады Мышык.

«Мен айттым: торопойго деп,» деди Алиса. «А сиз мынчалык күтүүсүз пайда болуп, анан жок болуп турбасаңыз болобу? Болбосо менин башым таптакыр айланып калды!»

«Макул,» деди да Мышык бул жолу абдан жай көздөн кайым болду: алгач анын куйруктарынын учу жоголду, акыркысы болуп—жылмайганы; калган бардыгы жоголгондон кийин дагы жылмаюусу абада бууланып турду.

«Ыр-рас!» деп ойлоду Алиса. «Мен жылмайбаган мышыктарды көргөм, бирок мышыксыз жылмаюуну! Бул менин бүткүл өмүрүмдө көргөн укмуш нерсе!»

Бир аз ары өтүп барып, ал Март Коёнунун кичинекей үйүн көрдү. Жаңылуу мүмкүн эмес эле—чатырда коёндун терисинен жасалган, коёндун кулактарына таңгалаарлык окшош эки түтүк чыгып турат. Үй ушунчалык чоң экен, Алиса алгач козу карындын сол жаккы кесиминен жетишээрлик жеди. Эки футка чейин өскөнчө күтүп, ал үйдү карай ишенимсиз жөнөдү. «А балким чын эле анын акылы ордунда эмес?» деп ойлоду ал. «Мен андан көрө Шляпачыныкына барсам болмок!»

VII Бап

Жиндидей Чай Ичүү

Үйдүн жанында бактын астында үстөл даярдалып коюлган, ал эми үстөлдө Шляпачы менен Март Коёну чай ичип отурушат; экөөнүн ортосунда Соня чычкан таттуу уйкуда. Шляпачы менен Коён жаздыктай кылып аны чыканактап алышкан, анын башы аркылуу эки жагында сүйлөшүп отурушат. «Байкуш Соня,» деп ойлоду Алиса. «Ага кандай, менимче, ыңгайсыз! Ошондуктан ал уктап жатат—демек, ага баары бир.»

Үстөл чоң болчу, бирок чайкорлор бир жак четинде, бурчта отурушат. Алисаны алыстан көрүп калып, экөө тең: «Бош эмес! Бош эмес! Орун жок!» деп кыйкырышты. «Орун *канча кааласаң турат*!» Алиса каршы болду да, үстөлдүн башындагы чоң креслого барып отурду.

«Шараптан ич,» сергек сунуш кылды Март Коёну.

Алиса үстөлдү карады да, бөтөлкөнү дагы, рюмканы дагы көргөн жок. «Мен эмнегедир шарапты көргөн жерим жок,» деди ал.

«Ананчы! Ал бул жерде деле жок!» деп жооп берди Март Коёну.

«Эмнеге анан силер мага аны сунуштап жатасыңар?» ачуулана түштү Алиса. «Бул андай сылык эмес да.»

«А сен эмне чакыруусуз отуруп алдың?» деп жооп берди Март Коёну. «Бул дагы сылык эмес!»

«Мен билген эмесмин, бул үстөл *силерге* эле экенин,» деди Алиса. «Приборлор мында алда канча көп.»

«Чачың аябай өсүп кетиптир!» капысынан кепке кошулду Шляпачы. Ага чейин ал үнсүз, болгону Алисаны кызыгуу менен карап отурган. «Чачыңды тегиздетсең жаман болмок эмес.»

«Бирөөнүн жеке нерсесине өтпөгөндү үйрөнсөңүз,» деп жооп берди Алиса сурданып. «Бул абдан орой.»

Шляпачы көздөрүн чоң ачты, бирок жооп бергенге эч нерсе табылган жок. «Эмнеси менен кузгун жазуу үстөлүнө окшош?» деп сурады ал акыры.

«Мындай жакшыраак,» деп ойлоду Алиса. «Табышмактар—алда канча көңүлдүү…» «Менимче, мен муну таба алам,» деди үнүн чыгарып.

«Сен ойлонуп жатам деп айткың келеби, бул суроонун жандырмагын билчүдөй болуп?» деп сурады Март Коёну.

«Абдан туура,» макул болду Алиса.

«Ошондой деп айтпайсыңбы анан,» деп эскертип койду Март Коёну. «Дайыма эмне ойлогонуңду айтышың керек.»

«Мен ошентем,» түшүндүргөнгө шашты Алиса. «Эң кур дегенде… Эң кур дегенде эмне айта турганымды ойлоном… а бул экөө бир эле…»

«Такыр эле бир нерсе эмес!» каршы болду Шляпачы. «Сен дагы эмне жакшы нерсе айткан жатасың, „Мен эмне жээримди көрөм" жана „Мен көргөнүмдү жейм"—экөө бир эле деппи!»

«Сен дагы „Эмнем бар болсо, аны жакшы көрөм" жана „Эмнени жакшы көрсөм, аным болот"—экөө бир эле нерсе дегени дагы турасың го ээ!» сөздү улап кетти Март Коёну.

«Дагы сен „Мен уктап жатканда дем алам" жана „Мен дем алып жатканда уктайм"—экөө бир эле нерсе дегени дагы турасың го ээ!» деди көзүн ачпай Соня.

«*Сен* үчүн бул, кандай болсо да, бир эле нерсе!» деди Шляпачы. Ошону менен сөз үзүлдү. Бир мүнөттөй баары үнсүз отурушту. Алиса кузгундар менен жазуу үстөлдөрү жөнүндө өзү билген баягы көп эмес нерселерди эстегенге аракет кылды.

Биринчи болуп Шляпачы сөз баштады. «Бүгүн кайсы күн?» деп сурады Алисага бурулуп, чөнтөгүнөн саатын алып чыгып жатып. Ал саатын тынчсызданууу менен карады, силкип көрдү да, кулагына такады.

Алиса ойлонуп: «Төртү,» деп жооп берди.

«Эки күнгө алдайт,» үшкүрдү Шляпачы. «Мен айтпадым беле: буларды сары май менен майлаганга болбойт!» кошумчалады ал ачууланып, Март Коёнуна бурулуп.

«Май *абдан эле жаңы* болчу,» коркуп каршы болду Коён.

«Ооба, албетте, бирок ичине күкүм кирип кеткен го,» күңкүлдөдү Шляпачы. «Нан кескен бычак менен майлабаш керек болчу.»

Март Коёну саатты алып, ындыны өчүп карады, андан кийин чыныдагы чайга чөгөрүп салды да, кайра карады. «Ишен мага, май *абдан жаңы* болчу,» кайталады ал. Башка эч нерсе ойлоп таба алган жок окшойт.

Алиса анын артына туруп алып кызыгып саатты карады. «Кандай күлкүлүү саат! Саатты эмес, кайсы күн экенин көргөзөт экен!»

«А эмнеси бар экен?» күңкүлдөдү Шляпачы. «*Сенин* саатың эмне жылды көргөзөбү?»

«Албетте, жок,» дилгирлик менен жооп берди Алиса. «Жыл аябай узакка созулат да!»

«*Меники* деле ошондой!» деди Шляпачы.

Алиса абдаарып калды. Ар бир сөзү өз алдынча, анан түшүнүктүү болуп турса деле Шляпачынын айтканында маани жоктой туюлду. «Мен сизди жакшы деле түшүнгөн жокмун,» деди Алиса сылык.

«Соня кайра уктап жатат,» деди Шляпачы, анан анын мурдуна ысык чайдан чачып жиберди.

Соня башын ызалуу чулгуду да, көзүн жумган бойдон: «Албетте, албетте, мен дагы дал ушуну айтайын деп жаткам,» деди.

«Жандырмагын таптыңбы?» деди Шляпачы, кайрадан Алисага бурулуп.

«Жок,» деди Алиса. «Жеңилдим. Кайдагы жооп?»

«Түшүнсөм өлөйүн,» кулактандырды Шляпачы.

«Мен дагы,» деп коштоп кетти Март Коёну.

Алиса чарчаңкы үшкүрдү. «Эгерде эмне кылаарыңарды билбей жатсаңар,» деди ал ызаланып, «башка бир жоопсуз жакшыраак табышмак даярдабайт белеңер. Болбосо убакытты кур бекер эле коротуп жатасыңар!»

«Эгерде сен Убакытты мен сыяктуу жакшы билгениңде сен муну айтмак эмессиң,» деди Шляпачы, «*Аны* коротпойсуң! *Айтпачуга* айтыптырбыз табышмакты!»

«Муну менен сиз эмнени айткыңыз келип жатканын түшүнбөйм,» деди Алиса.

«Ананчы!» жек көрүп башын чайкады Шляпачы. «Сен аны менен эч качан сүйлөшкөн эмес окшойсуң!»

«Балким сүйлөшкөн эмесмин,» абайлап жооп берди Алиса. «Бирок убакытты кантип өлтүрүш керектиги жөнүндө көп жолу ойлонгом!»

«А-а! Анда баары түшүнүктүү,» деди Шляпачы. «Убакытты өлтүрүү! Убакытка бул жагат деп ойлойсуңбу! Эгерде сен аны менен чатакташпаган болсоң—андан каалаганыңдын баарын сурай алмаксың. Айталы, азыр эртең мененки тогуз—сабакка барыш керек. А сен ага бирдеме шыбырап кой, анан б-болду! —жебелер алдыга жүгүрөт! Саат бир жарым—түшкү тамактануу!»

(«Кандай жакшы болмок!» акырын үшкүрдү Март Коёну.)

«Албетте, бул укмуш болмок,» ойлуу айтты Алиса, «бирок мен ачка болуп үлгүрбөйм да.»

«Башында, балким, ошондой,» деди Шляпачы. «Бирок сен жебени каалашыңча бир жарымда кармай аласың да.»

«Сиз ушундай *кылгансыз* да, ээ?» деп сурады Алиса.

Шляпачы капалуу башын чайкады. «Жок,» деди ал. «Биз аны менен мартта чатакташып кеткенбиз—так эле *мобул* жинди болоордун алдында (ал кашык менен Март Коёнун көргөздү). Каныша чоң концерт берип, мен „*Үкүнү*“ ырдашым керек болчу. Сен билесиңби бул ырды?

«„Көз кысасың, үкү жан,
Эмне болгон белгисиз!“»

«Ушу сыяктуу эмненидир уккам.»

«А андан ары мына мындай,» улантты Шляпачы.

«„Кадим түрүң бийикте,
Көмкөрүлгөн батыныс!»
Көз кысасың, көз кысасың…“»

Ушул жерден Соня силкинип, уктап жатып ырдап баштады: «*Көз кысасың, көз кысасың, көз кысасың, көз кысасың…*» Ал эч кандай токтоно алган жок—токтотуу үчүн Коён менен Шляпачы эки жагынан чымчып алганга мажбур болушту.

«Мен жаңы эле биринчи куплетти бүткөндө, кимдир-бирөө: „Албетте, бул ырдабай деле койсо болмок, бирок убакытты бирдеме кылып өлтүрүш керек да“ деп жатпайбы! Каныша ушундай кыйкырды: „Убакытты өлтүрүү! Мунун Убакытты өлтүргүсү келет! Башын алгыла!“»

«Кандай катаалдык!» кыйкырып жиберди Алиса.

«Ошондон бери,» кайгылуу улантты Шляпачы, «Мендеги убакыт былк этпейт. Саатымда дагы дайыма алтынын турганы турган…»

Ушул жерден Алиса нес болуп калды. «Ошондуктан анан бул жерде чай даярдалганбы?» деп сурады ал.

«Ооба,» деди Шляпачы үшкүрүп. «Бул жерде дайыма чай иче турган убакыт. Биз жадагалса идиш жууганга дагы үлгүрбөйбүз!»

«Анан жөн эле орун алмашасыңар да ээ?» таба койду Алиса.

«Эң туура,» деди Шляпачы. «Бир чыныдан чай ичебиз да, кийинкисине алмашып отурабыз.»

«Бирок силер кайрадан башына жеткенде, эмне болот?» сураганга тобокелдик кылды Алиса.

«Биз теманы өзгөртпөйлүбү?» деп сунуш кылды оозун чоң ачып эстеген Март Коёну. «Бул сөздөр мени жадатты. Мен сунуш кылам: бул чоң кыз бизге жомок айтып бербейби.»

«Мен эч нерсе билбейм деп корком,» чочуп кетти Алиса.

«Анда Соня айтып берсин,» деп кыйкырышты Шляпачы менен Коён. «Соня, ойгон!»

Соня көздөрүн жай ачты. «Мен уктайын деп ойлогон да эмесмин,» кирилдеп шыбырады ал. «Мен силер айткандын баарын уктум.»

«Жомок айт!» талап кылды Март Коёну.

«Ооба, айтып берсеңиз,» колдоп кетти Алиса.

«Бол анан,» кошумчалады Шляпачы. «Болбосо кайра уктап каласың!»

«Илгери-илгери үч эже-сиңди болуптур,» тез баштады Соня. «Алардын аты Элси, Лэси жана Тилли экен, алар кудуктун түбүндө жашашчу экен…»

«Алар эмне жешчү?» деп сурады дайыма адамдардын эмне ичип-жээри кызыктырган Алиса.

«Кисель,» деп жооп берди бир аз ойлонуп Соня.

«Бардык учурда бир эле киселби? Бул мүмкүн эмес,» акырын каршы болду Алиса. «Алар анда ооруп калышмак.»

«Алар ансыз да оорул калышкан,» деди Соня. «*Аябай катуу* оорушкан.»

Алиса өмүр бою кантип бир кисель менен тамактанганын түшүнгөнгө аракет кылды, бирок бул кызык да, таңгалаарлык да болгондуктан ал: «Эмне үчүн алар кудуктун түбүндө жашашкан?» деп гана сурап койду.

«Эмнеге сен дагы башка чай ичпей жатасың?» деп Март Коёну Алисадан олуттуу сурады.

«Мен али эчтеке иче элекмин» таарыныч менен жооп берди Алиса, «мындай болгондон кийин мен көбүрөөк иче албайм.»

«Сен азыраак чайды иче албайм деп айткың келип жатабы,» деди Шляпачы, «такыр ичпегенге караганда көбүрөөк ичкен эң оңой».

«*Сиздин* пикириңизди эч ким сураган жок,» деди Алиса.

«Бирөөнүн жеке нерсесине ким эми өтүп жатат?» деп сурады Шляпачы салтанат менен.

Алиса буга эмне жооп беришти билген жок. Ал өзүнө чай куюп алды дагы, нанга май сүйкөдү, анан Соняга бурулуп, өзүнүн суроосун кайталады: «Ошентип алар эмне үчүн кудуктун түбүндө жашашыптыр?»

Соня дагы ойлонуп калды, анан акыры: «Анткени кудукта кисель бар болчу,» деди.

«Андай кудуктар болбойт,» каршы болду Алиса. Бирок Шляпачы менен Март Коёну Алисага «Чүшш-ш!» деп белги беришти, а Соня сурданып күңкүлдөдү: «Эгерде сен өзүңдү өзүң алып жүрө албасаң, аягын өзүң айт!»

«Кечириңиз,» баш ийип жооп берди Алиса. «Суранам, улантыңыз, мен экинчи сөзүңүздү бөлбөйм. Балким кайсы бир жерде ушундай *бир* кудук бардыр.»

«„Бир" деп коёт!» бышкырып жиберди Соня. Бирок ал аңгемесин улантканга макул болду. «Анан силерге айтышым керек, бул үч эже-сиңди жыргап жашашты…»

«Жыргаппы же ырдаппы?» кайрадан сурады Алиса. «Алар эмнени ырдашкан?»

«Ырдашкан эмес, жыргашкан, тактап айтканда, ичишкен,» деди Соня. «Киселди, албетте.»

«Мага таза чыны керек,» анын сөзүн бөлдү Шляпачы. «Келгиле жылышабыз.»

Анан ал жанындагы үстөлгө отурду. Соня анын ордуна, Март Коёну—Сонянын ордуна, ал эми Алисага каалап-каалабай Март Коёнунун ордуна отурганга туура келди. Мындан бир гана Шляпачы утушка ээ болду; Алиса, тескерисинче, катуу жеңилди, анткени Март Коёну жаңы эле өзүнүн табагына сүт куйган идишти көңтөрүп алган.

Алиса Соняны дагы таарынтып албаш үчүн акырын суроо берди: «Мен түшүнбөйм… Кантип алар кудукта жашашты?»

«Эмнеси түшүнүксүз,» деди Шляпачы. «Жашап жатпайбы балыктар сууда жыргап-куунап. Ал эми бул эже-сиңдилер киселде жашашкан! Түшүндүңбү, келесоо?»

«Бирок эмнеге?» деп сурады Алиса Сонядан, Шляпачынын акыркы дооматын укпагандай түр кылып.

«Потому что они были кисельные барышни,» деди уйкулуу үнү менен Соня орусчалап.

Бул жооп Алисаны ушундай оңтойсуздантты, ал үндөбөй калды.

«Ошентип алар жашашты,» деп улантты Соня оозун ачып эстеп, анан көзүн сүртүп, «киселдеги балыктар сыяктуу. Анан алар дагы тартышкан… болоор-болбос нерселердин баарын… М ден башталгандардын баарын.»

«Эмнеге М ден?» таңгалды Алиса.

«А эмнеге болбосун?» каршы болду Март Коёну.

Алиса үндөбөй калды.

Соня ал ортодо көздөрүн жуумп, үргүлөп кетти. Бирок ушу жерден Шляпачы аны чымчыганда, ал чыр-р дей түшүп ойгонду.

«...М ден башталат,» деп улады ал. «Алар маанини, мээримди, математиканы, муңаюуну тартышкан... Сен качандыр бир көрдүң беле, муңаюуну кантип тартышат?»

«Кандай муңаюуну?» деп сурады Алиса.

«Кадимки эле,» деп жооп берди Соня. «Көңүл чөккөндөгү!»

«Билбейм,» деп баштады Алиса, «балким...»

«Билбесең—унчукпа,» сөзүн жулду Шляпачы.

Мындай ороойлукка Алиса чыдай алган жок: ал ушундай кыжырдануу менен ордунан турду да, ары басып кетти. Соня ошол эле жерден уктап калды, ал эми Коён менен Шляпачы, ал эки жолу бурулуп, балким алар эстерине келип кайра чакырышабы деп үмүттөнсө дагы, Алисанын кеткенине эч кандай көңүл бурушкан жок. Акыркы жолу бурулуп караганында Алиса экөөнүн Соняны чайнекке тыгып жаткандарын көрдү.

«Бул жакка мен экинчи эч качан келбейм!» деп кайталады ичинен Алиса, токойдон эптеп өтүп баратып. «Өмүрүмдө мындай жиндидей чай ичүүнү көргөн эмесмин!»

Анан ал кайсы бир бактагы каалганы көрүп калды. «Кандай кызык!» деп ойлоду Алиса. «Менимче бүгүн баары кызыктай. Ушул эшикке кирип көрөйүнчү.»

Так ошентти—жана кайрадан узун залда айнек үстөлдүн жанында болуп калды. «Эми мен мындан ары акылдуураак болом,» деди ичинен, ачкычты алды да, баарыдан мурда бакчага бара турган эшикти ачты. Ал бою бир фут болгончо козу карындан чайнады (козу карындын кесими анын чөнтөгүндө калган болчу). Ошондо ал тар далис менен эптеп өтүп—акыры укмуштуудай бакчанын ичинде кооз гүлдөр менен салкын оргумалардын арасынан ойгонду.

VIII Бап

Канышанын Крокети

Бакчанын кире беришинде чоң кызгылт бадал өсчү—анын розалары ак болчу, бирок жанына туруп алып үч бакчы ынтаа менен аларды кызыл түскө боёп жатышат. Алиса таңгалып, ал жерде эмне болуп жатканын билиш үчүн жакын барды да, бир бакчы экинчисине: «Акырын, Бешилик! Дагы сен мага чачыраттың!» дегенин укту.

«Мен күнөөлүү эмесмин,» деп жооп берди Бешилик үтүрөйө. «Муну Жетилик мени чыканакка түртүп ийди!»

Жетилик аны карады да: «Туура, Бешилик! Дайыма башкаларга шылта!» деди.

«*Сен* андан көрө үндөбөй калсаң болмок!» деди Бешилик. «Кечээ мен өз кулагым менен уктум, Каныша сенин башыңды эбак эле алыш керек болчу дегенин!»

«Эмнеге?» деп сурады биринчи бакчы.

«*Сага*, Экилик, мунун тиешеси жок!» кесе айтты Жетилик.

«Жок, *тиешеси бар*,» каршы болду Бешилик. «Анан мен ага айтам, эмне үчүн экендигин. Ашпозчу аялга бул пияздын ордуна жоогазындардын тамырын алып келгендиги үчүн!»

Жетилик кистини ыргытып жиберди. «Эми, билесиңерби, ушундай акыйкатсыздыкты…» деп баштады ал, бирок анын көздөрү Алисага урунду да, үндөбөй калды. Берки экөө да бурулуп карашты да, үчөө тең жапыз ийилип таазим кылышты.

«Айтсаңыздар,» үтүрөйүп сурады Алиса, «эмнеге силер бул розаларды боёп жатасыңар?»

Бешилик менен Жетилик эчтеке дешкен жок, бирок Экиликти карашты; ал бурулуп карады да акырын айтты: «Билесизби, чоң кыз, кызгылт розаларды отургузуш керек болчу, а биз, жиндилер, актарды отургузуптурбуз. Эгерде

Каныша билсе, билесизби, биздин башыбызды жулат. Андыктан, чоң кыз, билесизби, биз мында аракет кылып жатабыз, ал келгенче...» Ушул мүнөттө Бешилик (ал ушул убакыт бою бакчага кылчактап карап жаткан) кыйкырып калды: «Каныша! Каныша!» Бакчылар төмөн кулашты. Дабыштар угулду. Алиса бурулуп карады—ал Канышаны көргүсү келип чыдамы түгөндү.

Алдыда колдоруна найза көтөргөн он аскер келатат; алар аябай бакчыларга окшош болчу—алардай эле жалпак жана төрт бурчтук, колу-буттары бурчтарында. Алардын артынан сарайдын он кызмат кылуучусу аскерлердей жуп-жуп болуп тизилип басып келатты; алардын кийимдери крест болуп тигилген. Сарай кызматкерлеринин аркасынан канышанын балдары чуркап келатышты, алардын кийимдерин кызыл алтындан тигилген жүрөкчөлөр коздоп турат; алар дагы оноо экен; татынакай кичинекейлер жетелешип алып, көңүлдүү секирип келатышат. Алардын аркасынан коноктор, көбүнчө Кандар менен Канышалар басып келатышат. Катарында Ак Кролик дагы бар; ал бирдемени тез жана ачууланып сүйлөп, баарына жымыйып карап коёт. Алисанын жанынан өттү, бирок аны байкаган жок. Коноктордун артынан Кызыл ача балтасы келатты, ал ачык кызыл жаздыктын үстүнө таажыны көтөрүп алган. Ал эми салтанаттуу улуу жүрүштүн артында КЫЗЫЛ АЧА КАН менен КАНЫША келатат.

Алиса күмөнсүй түштү: үч бакчы сыяктуу ал дагы жыгылып, таазим кылышы керек беле? Бирок бул өңдүү эреже тууралуу качандыр-бир бирдеме укканын эстей алган жок. «Эгер баары чөгөлөп жыгыла турган болсо салтанаттуу жүрүштү уюштуруп эмне кереги бар?» деп ойлоду ал. «Эч ким анда эч нерсе көрө албайт...» Анан ал турган бойдон калды.

Качан салтанаттуу жүрүш Алисага оропара келгенде, баары токтошуп, аны карап калышты, ал эми Каныша каардуу сурады: «Бул дагы ким болуп кетти?» Ал Балтага кайрылды, бирок ал жылмайды дагы, жооп катары таазим кылды.

«Акмак!» деди Каныша, кыжырданып башын чайкап. Андан кийин Алисага бурулуп, суроо берди: «Сенин атың ким, балам?»

«Менин атым Алиса, Улуу даражалуум,» деп сылык жооп берди Алиса. Ичинен ойлоду: «Эми булар болгону карталар эмеспи! Эмнеге мен алардан коркот элем?»

«А *булар* кимдер?» деп сурады Каныша, бадалдын айланасында кулап жаткан бакчыларды көрсөтүп. Алар баштарын төмөн кылып жатышкан, ал эми колодадагы алардын баарынын көйнөктөрү окшош болгондуктан, Каныша булар бакчыларбы, аскерлерби, сарай кызматчыларыбы, же өз балдарынын үчөөсүбү, ажырата алган жок.

«Мен кайдан билем,» деп жооп берди Алиса, өзүнүн батылдыгына өзү таңгалып. «*Мага* мунун тиешеси жок.»

Каныша жинденгенинен кыпкызыл болуп, кадим жырткыч жаныбардыкындай болуп көздөрү жалтылдап, болгон үнү менен кыйкыра баштады: «Мунун башын алгыла! Башын алгыла…»

«Болбогон сөз!» деди Алиса абдан катуу жана чечкиндүү. Каныша унчукпай калды.

А Кан болсо анын колдорун кармап, коркуп сүйлөдү: «Ойлончу, досум! Ал такыр эле бала да!»

Каныша андан ачуулуу бурулуп, Балтага буйрук берди: «Оодарчы тигилерди!»

Балта өтүгүнүн башы менен бакчыларды акырын оодарып чыкты.

«Тургула!» деп кыйкырды Каныша катуу чырылдаган үнү менен. Бакчылар ордуларынан атып туруп,

Канышага, Канга, алардын балдарына жана бардык башкаларга таазим кылып баштašты.

«Дароо токтоткула!» кыйкырып баштады Каныша. «Менин силердин таазиминерден башым айланып кетти!» Анан розалардын бадалын карап, кошумчалады: «А муну силер эмне кылып жатасыңар?»

«Улуу даражалуум,» момун түр менен баштады Экилик, сыңар тизелеп, «биз ойлогонбуз…»

«Баары *түшүнүктүү*!» деди Каныша, ал ортодо розаларды кунт коюп карап чыгып. «Булардын башын алгыла!» Анан салтанаттуу жүрүш андан ары жылды. Болгону үч аскер гана буйрукту аткарыш үчүн калышты. Бактысыз бакчылар жардам сурап Алисага умтулушту.

«Силерди өлтүрбөйт!» деди да Алиса аларды жакын жерде турган гүлдүн челегине тыга койду. Үч аскер бир-эки мүнөттөй өлүмгө буйрулгандарды айланадан карап темселеп жүрүштү да, андан кийин беймарал гана кеткендердин артынан жөнөштү.

«Эмне, баштарын алдыңарбы?» деп кыйкырды Каныша.

«Алардын баштары жоголуп кетти, Улуу даражалуум,» кыйкырышты аскерлер.

«Жакшы!» кыйкыра баштады Каныша. «Крокет ойнойбузбу?»

Аскерлер үнсүз Алисаны караштьт: Каныша ага кайрылганы көрүнүп турат.

«Ойнойбуз!» кыйкырды Алиса.

«Анда кеттик!» бакырды Каныша. Алиса дагы андан ары эмне болот деп өзүнө-өзү суроо берген бойдон коноктордун тобуна кошулду.

«Кандай… кандай сонун бүгүн аба-ырайы, чынбы?» чочулап айтты кимдир-бирөө. Алиса көздөрүн көтөрүп, жанында Ак Кролик келатканын жана тынчсызданып улам-улам анын жүзүнө тигилип жатканын көрдү.

«Ооба, аба-ырайы сонун,» макул болду Алиса. «А Герцогиня кана?»

«Чүш-ш,» ачууланып ызырына баштады Кролик, айланасын чочулап карап. Ал бутунун учу менен басып келип, анын кулагына шыбырады: «Аны өлүмгө буйрушту.»

«Эмне үчүн?» деп сурады Алиса.

«Сен, менимче: „Кандай өкүнүчтүү“, деп айткандай болдуңбу?» деп сурады Кролик.

«Антип ойлогон да жокмун,» деди Алиса. «Ал мага такыр өкүнүчтүү эмес! Мен: „Эмне үчүн?“ дедим.»

«Ал Канышаны жаакка чапты,» деди Кролик. Алиса кубанычтуу бышкырды. «Акырын» коркуп кетти Кролик. «Балким Каныша угуп калат! Билесиңби, Герцогиня кечиккенде, Каныша мындай деди…»

«Баарыңар өз ордуңарга!» деп кыйкырды Каныша күрүлдөгөн үнү менен. Анан баары тең бири-бирине урунуп, жыгылып, ыргып чыгып жатышты. Бир мүнөттөн кийин бардыгы өз ордуларына туруп калышты. Оюн башталды.

Алиса өмүрүндө крокет ойноо үчүн мындай кызыктай аянтты көргөн эмесмин деп ойлоду: баштан-аяк бүт дөңгөлөктүн оңурайган издери менен бороздолор; крокеттик шардын кызматын тирүү кирпилер, балканыкын—тирүү фламинголор, ал эми теңинен бүктөлүп колдору менен буттарына таянчыктаган аскерлер дарбазалардын милдетин аткарышты.

Башында Алиса өзүнүн фламингосун жөндөй алган жок: улам анын башын ылдый каратып колтугуна тыгып, буттарын артка кылып, мээлеп, аны менен кирпини урайын десе эле, ал мойнун ийрийтип, ээсинин көздөрүн тиктейт, анан кызыгы, күлүп баштайт; анан кайрадан анын башын ылдый каратып, урайын десе! —эми кирписи жок, ал жайылып, ары кетип калган болот. Анын үстүнө анын бардык кирпилери ойдуңдар менен бороздолорго түшүп, ал эми аскер-дарбазалар белдерин кайкайтышып, аянттын башка тарабына басып кетишет. Бир сөз менен айтканда, Алиса бул абдан оор оюн экен деп ойлоду.

Оюнчулар кезек күтпөй баары бир учурда урушат да, улам эле кирпилердин айынан мушташышат; көп өтпөй Каныша жаалданып, жер тепкилеп, кыйкырып баштады: «Анын башын алгыла! Тигинин башын жоготкула!»

Алиса тынчсыздана түштү; ырас, азырынча Каныша менен анын ортосунда эч кандай чыр-чатак жок, бирок ал каалаган учурда чыгышы мүмкүн эле. «Ошондой болсо мен эмне болом?» деп ойлоду Алиса. «Бул жерде баш алганды аябай жакшы көрүшөт экен. Кызык, кимдир-бирөө мындан аман калды бекен!»

Ал айланасын карап, анын башына да түшүнүксүз нерсе келе электе кантип байкатпай кетип калса болоорун ойлонуп баштады. Алгач Алиса капысынан абада пайда болгон кызыктай нерсени байкады; башында бул аны бүтүндөй айраң кылды, бирок бир-эки мүнөт өтпөй ал бул жылмаюу экенин түшүндү да: «Бул Чешир Мышыгы,» деди өзүнчө. «Эми сүйлөшкүдөй бирөө болот!»

«Сен кандайсың?» деди Мышык, сүйлөш үчүн абада анын оозу жетишээрлик орун алаары менен.

Алиса анын көздөрү пайда болгончо күтүп турду да, башын ийкеди. «Жооп берген азыр баары бир пайдасыз,» деп ойлоду ал. «Кулактары, жок дегенде бирөөсү пайда болгончо күтөйүн!» Бир мүнөттөн кийин башы толук көрүндү; Алиса фламингону жерге койду да, маектеши бар экенине кубанып, аңгемесин баштады. Мышык өзүнүн жетишээрлик тулкусу көрүнүп турат деп чечкендей, андан ары пайда болгон жок.

«Менимче алар такыр туура эмес ойноп жатышат,» даттанды Алиса. «Эч кандай адилеттик жок, анан дагы өз үнүн өзү укпагандай болуп баары тең ушундай айкырышат дейсиз. Эрежелери жок, бар болсо деле аны эч ким сактабайт. Сиз элестете албайттырсыз, баары тирүү нерселер болгондо ойногон кандай кыйын экендигин. Мисалы, мага азыр керек болуп жаткан дарбазалар аянттын тиги тарабына сейилдеп кетишти! Мен азыр Канышанын кирписин кууп жибермекмин—ал меникин алыстан көрүп эле качып кетти!»

«А сага Каныша жагабы?» деп акырын сурады Мышык.

«Такыр жакпайт,» деп жооп берди Алиса. «Ал ушундай…» Ушул мүнөттө ал Каныша анын аркасында сөзүн тыңшап турганын байкап калды. «…ушундай жакшы ойнойт,» тезден айтты Алиса, «дароо жеңилип да берсең болот.»

Каныша күлүмсүрөп, ары басып кетти.

«Сен деги ким менен сүйлөшүп жатасың?» деп сурады Кан, Алисага жакындап келип жана Мышыктын башын ушундай ынтызарлык менен карап.

«Бул менин досум, Чешир Мышыгы. Тааныштырганга руксат бериңиз…»

«Эмнегедир ал мага такыр жакпайт. Балким, ал кааласа, мейли менин колумду өпсүн.»

«Андай деле каалабайм,» деди Мышык.

«Орой сөз айтпа,» күбүрөдү Кан. «Анан мени минтип караба.» Анан ал Алисанын аркасына жашынды.

«Мышыкка канды караганга тыюу салынат,» деди Алиса. «Мен муну бир жерден окугам, кайсы жерден, билбейм.»

«Жок, муну жоготуш керек,» деди Кан чечкиндүү. Жанынан өтүп бараткан Канышаны көрүп, ал: «Жаным, мобул мышыкты жоготкула деп буйрук берчи!» деди.

Каныша чоңбу, кичинеби, көйгөйдү чечүүнүн бир гана ыкмасын билчү. «Анын башын алгыла!» деп кыйкырды ал карабай туруп.

«Мен өзүм алып келе коём баш кесерди!» деген бойдон Кан кубанып жүгүрүп кетти.

Алиса Канышанын алыстан бирдеме деп кыйкырып жатканын угуп калды да, ал жерде эмне болгонун көргөнү жөнөдү. Баратып эле Канышанын өз кезегин өткөрүп ийгендери үчүн дароо үч оюнчунун башын алууга буйрук бергенин укту. Кыскасы ушундай чаташкан оюнда ал азыр анын жүрүшүбү, же жокпу, түшүнгөн жок. Андай болгондон кийин өзүнүн кирписин издемей болду.

Кирписи башка кирпи менен кармашып жатыптыр, Алисага бул алардын бири менен экинчисин урганга жакшы мүмкүнчүлүктөй көрүндү, бирок бир кыйынчылык ушунда болду, Алисанын фламингосу бакчанын башка учуна адашып кирип кетип, ал жактан бакка учуп чыкканга курулай аракет кылып баштады.

Качан Алиса, акыры, фламингосун кармап, кайра алып келгенде, кирпилер урушканын токтотуп, качып кетишиптир. «Мейличи эми,» деп ойлоду Алиса. «Баары бир дарбазалар деле кетип калышты.» Ал кайра качып кетпесин деп фламингону колтугуна кысты да, дагы кичине сүйлөшүп турмакка жолдошуна жөнөдү.

Чешир Мышыгына кайра кайтып келгенде чогулган топту көрүп таңгалды. Баш кесер, Кан жана Каныша бир нерсени катуу талашып жатышат; ар бири башканыкын укпай өзүнүкүн кыйкырат, калгандары оңтойсузданып, үнсүз гана алмак-салмак улам бир бутуна оордугун салышып, козголбой турушат.

Алисаны алыстан көрүп эле үчөө тең өздөрүнүн ич ара талашын чечтирмекке ага умтулушту. Алар өз далилдерин катуу кайталашып, бирок баары чогуу сүйлөп жаткандыктан, Алиса эч нерсени түшүнгөн жок.

Баш кесер эгерде башынан башка эч нерсеси болбосо башын алганга болбой турганын айтат; ал эч качан мындайды жасаган эмес жана жасайын деген ниети да жок; анткенге карылык кылат, мына кеп эмнеде!

Кан башы тургандан кийин башын алыш керек дейт—сандырак кептин кереги жок!

А Каныша дароо алар келжирегендерин токтотушпаса жана ишке киришишпесе, жапырт баарынын башын алдыраарын айтат! (Ушул сөздөр анан коомчулукту кайгыга салды).

Алиса: «Мышык Герцогиняныкы. Аны менен кеңешкенден артык нерсе жок» дегенден башка сөз таппады.

«Ал түрмөдө,» деди Каныша, анан баш кесерге бурулду. «Аны бул жакка алып кел!» Баш кесер буйрукту аткарганга буту үзүлгөнчө жүгүрдү.

Ал жүгүрүп кетээри менен, Мышыктын башы акырындап абада эрий баштады, андыктан баш кесер Герцогиняны алып келген маалда баш көрүнбөй калган. Кан менен баш кесер крокет аянтында кайсактап калышты, ал эми коноктор оюнга киришти.

IX Бап

Музообаш Ташбаканын Баяны

«Ай, татынакайым, сени көргөнүмө кандай кубанычтуу экенимди сен элестете да албайсың,» назик сүйлөп Герцогиня Алисаны колдон алып ары жетеледи.

Герцогиняны ушундай көңүлү жай, куунак көрүү Алисага жагымдуу да, таңгалычтуу да болду, жанатан мурчтан улам ачуулуу болгон го деп ойлоп койду.

«Качан мен Герцогиня болгондо,» деди ал ичинен (ырасын айтканда, ага анчейин үмүтү деле жок болчу), «менин ашканамда *такыр* мурч болбойт. Сорпо ансыз деле даамдуу! Мурчтан, чындыгында, баары мурчуюп баштошат…» Алиса жаңы мыйзам тапканына абдан кубанды. «Уксустан— сабыры суз,» деп улады ал ойлуу, «хренден— кайгылуу, пияздан—амалдуу, шараптан—айыптуу, ал эми май токочтон—мээримдүү болуп калышат. Эч ким бул жөнүндө билбегени кандай өкүнүчтүү… Баары эң *жөнөкөй* болмок. Май токоч жешмек—мээримдүү болушмак!»

Ал Герцогиня жөнүндө такыр унутуп калган, качан ал анын кулагына кайрадан шыбыраганда калтырап кетти: «Сен бирдемени ойлонуп кеттиң, татынакайым, анан бир сөз да айтпайсың. А мындагы насаат мындай… Жок, эмненидир түшүнбөйм! Эчтеке эмес, анан эстейм…»

«А, балким, мында эч кандай деле насаат жок,» деп эскерткенге батынды Алиса.

«Кандайча жок!» каршы болду Герцогиня. «Ар бир нерсенин өз насааты бар, балам, болгону аны тапканды билиш керек!» Ушул сөздөрдү айтып ал Алисага жабышты.

Алисага бул такыр жаккан жок: биринчиден, Герцогинянын ушундай *түрү суук* болчу, ал эми экинчиден, анын ээги так Алисанын деңгээлинде, анан абдан учтуу болчу. Ага карабастан Алиса орой болгусу келген жок, андыктан буга мүмкүн болушунча чыдады.

«Оюн, менимче, жанданды,» деди ал, сөздү кандайдыр улаш үчүн.

«Мен сени менен толук макулмун,» деди Герцогиня. «*Мындагы* насаат мындай: „Сүйүү, сүйүү, сен дүйнөнү козгойсуң…“»

«А мага кимдир бирөө „Эң башкы нерсе—башканын ишине кийлигишпөө“ дегендей болгон,» деп шыбырады Алиса.

«Бул экөө эми бир эле нерсе,» деп үн катты Герцогиня, ээгин Алисанын ийинине матырып. «А мындагы насаат мындай: „Маани жөнүндө ойлон, ал эми сөздөр өзү эле келет“!»

«Бул кандай бардык жерден насаат тапканды жакшы көрөт,» деп ойлоду Алиса.

«Сен, албетте, эмнеге сени белиңден кучактабаганыма таңгалып жатсаң керек,» деди Герцогиня. «Себеби сенин фламингоңдун мүнөзүнө күмөнүм бар. Же баары бир тобокелдик кылыш керекпи?»

«Ал тиштеп да алышы мүмкүн,» деди акылдуу Алиса, Герцогиня аны кучакташын такыр каалабай.

«Эң туура,» макул болду Герцогиня. «Фламинго горчицадан кем эмес тиштейт. А мындагы насаат мындай: „Булар бир учуштун канаттуулары“!»

«Болгону горчица такыр канаттуу эмес,» деди Алиса.

«Сен, адаттагыңдай эле, абдан туурасың,» деди Герцогиня. «Оюң даана айтылды!»

«*Менимче*, горчица—казып алынуучу нерсе,» деп улады Алиса ойлуу.

«Албетте, албетте,» ырастады Герцогиня. Ал Алиса айткандын бардыгы менен макул болгонго даяр эле. «Ушул эле жакын жерде казылган горчицаларды иштеткен жер бар. А мындагы насаат мындай: „Каза бербе!“»

«Эстедим,» капысынан кыйкырып жиберди Герцогинянын акыркы сөздөрүн кулак учунан кетирген Алиса. «Горчица бул жашылча. Ырас, жашылчага ал окшош эмес—ошентсе да бул жашылча!»

«Мен сени менен толук макулмун, өз убагында ал жашылча болгон» деди Герцогиня. «А мындагы насаат мындай: „Ар нерсенин өз убактысы бар.“ Же, каалайсыңбы, мен муну жөнөкөйүрөөк айтып берейин: „Башкача болбоого болбой турган учурларда башкача болооруңа караганда башкача боло алаарыңа караганда башкамын деп сен эч качан ойлобо“.»

«Менимче мен жакшыраак түшүнмөкмүн,» сылык сүйлөдү Алиса, «эгерде мен муну жазып кала алсам. Болбосо мага муну түшүнгөн кыйын.»

«Мунун бардыгы эгерде кааласам мен айта ала турган нерселерге салыштырмалуу арзыбаган нерсе,» деп жооп берди көңүлү көтөрүлгөн Герцогиня.

«Суранам сизден, мындан узагыраак сүйлөм издеп убараланбаңыз,» деди Алиса.

«Сен эмне, ушул да убарабы!» каршы болду Герцогиня. «Эмнени айтуута үлгүрсөм, анын бардыгын сага белек кылам.»

«Арзыбаган белек,» деп ойлоду ичинен Алиса. «Туулган күндөргө мындайларды белек кылбагандары жакшы!» Бирок үнүн чыгарып ал муну айткандан коркту.

«Дагы эмненидир ойлонуп жатасыңбы?» деп Герцогиня кайрадан өзүнүн ээгин Алисанын ийинине матырды.

«Эмнеге ойлонгонго болбосун?» чечкиндүү айтты Алиса өзүнөн-өзү оңтойсузданып.

«А эмнеге чочкого учканга болбосун?» деди Герцогиня. «Насаатчы—»

Ушул жерден Герцогинянын үнү өзүнүн «насаат» деген сүйүктүү сөзүнүн так ортосунда үзүлүп, Алисаныкы менен колтукташкан колдору калтырап баштады. Алиса башын көтөрүп, алардын алдында эки колун бооруна алып, сурдуу үтүрөйүп, Каныша турганын көрдү.

«Сонун аба-ырайы, Улуу даражалуум!» араң шыбырады Герцогиня.

«Мен сага чындап эскертем,» Каныша кыйкырып, жер тепкиледи. «Же сен кетесиң, же сенин башың кетет. Азыр эле чеч—жок десең, эки эсе тез болот!»

Герцогиня дароо эле чечим кылып, ошол замат жок болду.

«Биз оюнубузга киришели,» деди Алисага Каныша. Алиса ушунчалык коркконунан, бир да сөз айтпай анын артынан аянтка илээлеп жөнөдү.

Ал ортодо меймандар Канышанын жоктугунан пайдаланып көлөкөдө эс алып жатышкан; бирок Канышанын кайтып келгенин көрөөрү менен алар өз ордуларына шашылышты. Каныша болсо жакын келип жөн гана алардын кечеңдеткен бир мүнөтү өмүрлөрүнө барабар болоорун кулактандырды.

Оюн жүрүп жатканда Каныша оюнчулар менен тынымсыз урушуп, кыйкыра берди: «Анын башын алгыла! Тигинин башын алгыла!» Аскерлер жерден турушуп, бактысыздарды көзөмөлдөп калып жатышты. Жыйынтыгында дарбазанын милдетин аткаруучулар азайгандан азайып, жарым саат өтпөй алардын бири дагы калбай калды, ал эми Канды, Канышаны жана Алисаны кошпогондо бардык оюнчулар өлүм жазасын күтүп жатышты.

Акыры Каныша оюнду таштап, тыныгып, Алисадан сурады: «А сен Музообаш Ташбаканы көрдүңбү?»

«Жок. Мен жадагалса анын ким экенин билбейм.»

«Кандайча? Бул андан *ташбаканыкы сыяктуу сорпону* жасаган неме да.»

«Эч качан көргөн эмесмин, уккан да эмесмин.»

«Анда кеттик,» буйруду Каныша. «Ал өзү сага баарын айтып берет.»

Анан алар жөнөп калышты. Кетип атып Алиса Кандын меймандарга кайрылып акырын: «Биз силердин баарыңарды кечиребиз,» дегенин укту. «Мынакей жакшы болду!» деп кубанды Алиса. (Белгиленген өлүм жазаларын ойлоп ал кейип жаткан).

Көп өтпөй алар күнөстөп катуу уктап жаткан Грифонду көрүштү. (Эгер силер Грифондун кандай көрүнөөрүн билбесеңер, сүрөтүн карагыла.) «Тур, бекерпоз,» деди Каныша, «бул чоң кызды Музообаш Ташбаканыкына алып бар. Ал буга өзүнүн окуясын айтып берсин. А мен кайра кетишим керек: мен тигил жактан кимдир-бирөөлөрдү өлүм жазасына буйругам, баары ойдогудай болдубу, барып карашым керек.» Анан ал Алисаны Грифон менен таштап коюп кайра кетти. Алисага бул бейтаанышы анчалык ишенимди деле жараткан жок, бирок, чынында, анын жанында болуу кан ичкич Канышанын жанында болгонго караганда опурталсызыраак экенин ойлоп, калып калды.

Грифон отуруп көздөрүн сүрттү. Андан кийин көзүнүн кыйыгы менен Канышаны узатып, күлүмсүрөдү. «Күлкү— ошол гана!» деп кобурады ал өзүнчөбү, же Алисага кайрылыппы.

«*Күлкү*?» кайра сурады Алиса абдырап.

«Ооба,» деп жооп берди Грифон. «Ойлоп чыгарат дагы! Өлтүрүү деп! Буларда мындай нерсе туулгандан бери болгон эмес. Кеттик!»

«Бардыгы бул жерде „кеттик!“ дегенди гана айтышат!» деп ойлоду Алиса Грифондун артынан жай кадамдап баратып. «Өмүрүмдө мени эч, эч ким өз билгениндей кылып күчтөп бир нерсе кылдырган эмес!»

Бир аз эле өтүп барып, алар алыстан Музообаш Ташбаканы көрүштү; ал аскалуу урчукта жатып алып, боору ачыгансып, кусалуу күрсүндү. Алиса чын жүрөгүнөн аны аяп кетти. «Эмнеге ал мынча капалуу?» деп сурады Грифондон. Грифон болсо ага дээрлик баягы эле сөздөр менен жооп берди: «Мунусу да ойлоп табат! Капаланып жатат! Сурап коесуң дагы! Эч нерсеге капаланбайт. Кеттик!»

Анан алар чоң, жашка толгон азадар көздөрү менен аларды үнсүз караган Музообаш Ташбакага келишти.

«Бул чоң кыз,» деп баштады Грифон, «сенин окуяңды уккусу келип жатат. Төгүлүп айтып бер эми буга баяныңды! Мына, эмнеге келдик!»

«Андай болсо мен айтып берем,» деди Музообаш Ташбака басмырт үнү менен. «Отургула, анан мен айтып бүтмөйүн оозуңарды ачпагыла.

Грифон менен Алиса отурушту. Тынчтык өкүм сүрдү. «Билбейм, эмгиче эч кандай баштай албай жатса, бул кантип бүткөнү жатат,» деп ойлоду Алиса ичинен. Бирок кылаарга эчтеме жок—ал чыдамсыздык менен күтүп отурду.

«Бир жолу,» деп баштады акыры Музообаш Ташбака терең дем алып, «мен чыныгы ташбака болчумун.»

Анан кайрадан тынчтык өкүм сүрдү. Бир гана Грифон анда-санда жөтөлүп, Музообаш Ташбака болсо тынымсыз үшкүрүп жатты. Алиса такыр эле ордунан туруп: «Абдан кызыктуу аңгемеңиз үчүн сизге рахмат, мырза» деп туруп кетмей болду, бирок күтө турууну чечти: ал дагы бирдеме айтуугa *тийиш* да.

Акыры Музообаш Ташбака бир аз эс алып, терең дем алып, анан сүйлөп баштады. «Биз кичинекей кезде деңиздеги мектепке барчубуз. Мугалимибиз абышка-ташбака болчу. Биз аны *Кур бака* деп чакырчубуз.»

«Өмнеге силер аны Кур бака дечү элеңер,» деп сурады Алиса, «эгерде чынында эле ал Ташбака болсо?»

«Ал дайыма белинен түшүрбөй кур тагынып жүрчү, биз ошондуктан аны Кур бака дечүбүз,» деп жооп берди ачуу-ланып Музообаш Ташбака. «Сен анчалык зээндүү эмес экенсиң!»

«Уялбайсыңбы ушундай жөнөкөй нерселерди сураган-дан,» коштоп кетти Грифон. Экөө тең унчукпай, жерге кирип кеткенге даяр турган байкуш Алисаны тиктеп калышты. Акыры Грифон Музообаш Ташбакага бурулуп: «Бол, абышка, тезде! Болбойт да бир күн бою бул жерде отурган…» деди.

Анан Музообаш Ташбака сүйлөп баштады: «Ооба, биз мектепке барчубуз, а биздин мектебибиз деңиздин түбүндө эле, жок дегенде сен, балким, буга ишенбейсиң…»

«Өмнеге?» каршы болду Алиса. «Мен ишенбейм деп айт-кан жокмун го.»

«Мына, айттың,» айтканынан кайтпады Музообаш Таш-бака.

«Каршы болбо!» жекирип айкырды Грифон. Бирок Алиса каршы болууну ойлогон да эмес.

«Билимдин биз эң жакшысын алдык,» деп улады Музоо-баш Ташбака. «Анан анчалык деле таңгалаарлык эмес—биз мектепке ар бир күнү барчубуз да…»

«Мен дагы мектепке ар бир күнү барчумун,» деди Алиса. «Өзгөчө эч нерсе жок мында.»

А кошумча сени дагы бир нерсеге үйрөтүштүбү?» тынч-сыздана кызыкты Музообаш Ташбака.

«Ооба.» деди Алиса. «Музыкага жана француз тилине.»

«А кир жуугангачы?» тез сурады Музообаш Ташбака.

«Жок, албетте,» кыжырданып жооп берди Алиса.

«Демек, сенин мектебиң начар болчу экен,» деди жеңилденүү менен Музообаш Ташбака. «Ал эми биздин мектепте эсебибизге дайыма: „Француз тили үчүн акы, музыка жана *кир жуу үчүн кошумча акы*“—деп кошуп коюшчу.»

«Силерге кир жуунун кереги эмне?» деп сурады Алиса. «Силер деңиздин түбүндө жашачусуңар да.»

«Баары бир мен кир жуу сабагына катыша алчу эмесмин,» күрсүндү Музообаш Ташбака. «Аны чөнтөгүм көтөрчү эмес. Мен милдеттүү гана сабактарды окудум.»

«Кандай?» деп сурады Алиса.

«Башында биз, мүмкүн болгондой, Каздык, Жаздык,» деп жооп берди Музообаш Ташбака. «Андан кийин Арифметиканын төрт амалына кириштик: Жошуу, Демитүү, Көгөртүү жана Жөөлүү.»

«Мен „Жошуу“ жөнүндө таптакыр уккан эмесмин,» эскерткенге тобокелдик кылды Алиса.

«Эч качан уккан эмессиңби „жошуу“ жөнүндө!» кыйкырып жиберди Грифон, тамандарын асманга каратып жайып. «Сен кошуу эмне экенин билсең керек, менимче?»

«Ооба,» деп жооп берди Алиса ишенимсиз, «бир жерде турган бирдемеге… так ошондой бирдемени кошуу.»

«Ооба эми,» деди Грифон, «Эгерде ошону билип туруп жошууну билбесең, демек, сен такыр эле жиндисиң го.»

Алисанын башка сабактарды билейин деген болгонбүткөн ниети жок болду, ал Музообаш ташбакага бурулду да:

«Дагы эмнени окудуңар?» деп сурады.

«Бизде мындан башка дагы Рифтер бар болчу—Байыркы Грециянын жана Байыркы Римдин—жана Деңиз таануу. Анан дагы Жүрөк тартуу; сүрөт мугалими катары бизде картаң угорь болчу, жумасына бир жолу келчү. Ал анан бизди Дүйнөлүк жарык, Оор эмгек…»

«Оор эмгек?» кайра сурады Алиса.

«Мен сага аны көргөзө албайм,» деди Музообаш Ташбака. «Картаңмын мен азыр бул үчүн. А Грифон аны үйрөнгөн эмес.»

«Менин убактым болгон эмес,» деп ырастады Грифон. «Бирок мен классикалык билим алдым.»

«Бу кандайча?» деп сурады Алиса.

«А кандай дейсиң,» деп жооп берди Грифон. «Биз менин мугалимим экөөбүз, краб-абышка менен көчөгө чыгып кетчүбүз да, күн бою *классикага ойночубуз*. Кандай гана *мугалим* болчу!»

«Чыныгы классик!» терең дем алып айтты Музообаш. «Бирок мен ага туш келген жокмун… Анын Драматикага жана Жылдыз тилине окутканын айтышат…»

«Мунусу анык,» макул болду Грифон. Анан экөө тең тамандары менен жүздөрүн жабышты.

«А күнүнө силерде канча сабак болчу эле?» деп сурады Алиса, сөздү бурганга шашып.

«Биринчи күнү—он саат,» деп жооп берди Музообаш Ташбака, «кийинки күнү—тогуз, анан ошентип кете берет.»

«Кандай кызыктай ирет?» кыйкырып жиберди Алиса. «А он биринчи күнүчү?»

«Он биринчи күн дем алыш» түшүндүрдү Грифон.

Алиса өзүнүн он күн катар окуганын элестетти, бул ан үчүн таптакыр жаңы көрүнүш болгондуктан, кийинки суроосун аяр узатты:

«Анда он экинчи күн эмне болот?».

«Он экинчи күн да дем алыш болот да,» деди Музообаш Ташбака. «Анан кайра он үчүнчү күндөн сабактар башталат. Бул эми жыл он эки айдан, күн он эки сааттан тургандай эле нерсе да…»

Жоопторго таңгалган Алиса башка суроо узатканга дааган жок.

X Бап

Деңиздеги Кадриль

Музообаш Ташбака терең дем алып, көздөрүн аарчыды. Алисаны карады—бирдеме айткысы келгени көрүнүп турат, бирок боздоп ыйлаганы анын өзүн муунтуп жатты. «Тим эле тамагына сөөк туруп калгандай,» деди Грифон, бир аз күтүп туруп. Анан Музообаш Ташбаканы жулкулдатып, аны далыга ургулай баштады. Акыры Музообаш Ташбака үнүн келтирип, жашын көлдөтүп, сүйлөй баштады:

«Сен, далайга чейин деңиздин түбүндө жашаган эмессиң да, чынбы…» («Жашаган эмесмин,» деди Алиса). «Анан эч качан тирүү омарды да көрбөсөң керек…» («Бирок мен аны жеп…» каршы сүйлөйүн деп баштап Алиса, бирок эстей коюп, башын чайкады. «Жок, көргөн эмесмин.»). «Демек сенин омарлар менен деңиз кадрилин бийлеген кандай жагымдуу экени жөнүндө түшүнүгүң жок да ээ.»

«Ооба, түшүнүгүм жок,» терең дем алды Алиса. «Ал эмне болгон бий?»

«Баарыдан мурда,» деп баштады Грифон, «бардыгы деңиздин жээгине бир катар болуп тизилишет…»

«Эки катар!» деп кыйкырып жиберди Музообаш Ташбака. «Тюлендер, лосостор, деңиз ташбакалары жана башкалар. Анан жаңы эле жээкти медузалардан тазалап бүткөндө…»

«А *мунун өзү* жөн эле нерсе эмес,» кыстырды Грифон.

«…башында эки жүрүш алдыга жыласың…» улантты Музообаш Ташбака.

«Омарды жетелеп!» кыйкырып жиберди Грифон.

«Албетте,» ырастады Музообаш Ташбака. «Алдыга эки жүрүш кыласың, Өнөктөшүңө бет маңдай буруласың…»

«…омарларды алмаштырасың—анан артка жанагы эле ирет менен кайрылып келесиң,» деп бүтүрдү Грифон.

«Андан кийин,» улантты Музообаш Ташбака, «ыргытасың…»

«Омарларды!» кыйкырды Грифон, абага секирип.

«…ары-ы деңизге…»

«Алардын артынан сүзүп барасың!» шаттанды Грифон.

«Деңизге бир жолу тоңкочук атасың!» кыйкырып жиберди Музообаш Ташбака, анан кумдун үстүнөн дөңгөлөп жөнөдү.

«Кайрадан омарларды алмашасың!» бардык үнү менен кыйкырды Грифон.

«Анан кайра жээкке келесиң! Болгон биринчи фигура ушул,» деди Музообаш Ташбака капысынан басаңдай түшкөн үнү менен. Анан жаңы эле кумдун үстүндө жиндидей болуп секирип жаткан эки дос көңүлдөрү чөгүп отуруп калышты да, кусалуу көздөрү менен Алисаны карашты.

«Бул абдан кооз бий болсо керек,» тарткынчыктап айтты Алиса.

«Көргүң келеби?» деди Музообаш Ташбака.

«Абдан,» деди Алиса.

«Тур,» Грифонго Музообаш Ташбака буйрук берди. «Ага биринчи фигураны көрсөтөбүз. Мында омарлардын жоктугу эчтеке эмес… Аларсыз деле абалдан чыгабыз. Ким ырдап турат?»

«Ырда *сен*,» деди Грифон. «Сөздөрү менин эсимде жок.»

Анан алар анын бутун улам басып алып, ал эми экөө бет маңдай жакындай түшкөндө алдыңкы тамандарын такт менен шилтеп, бакыйган түр менен Алисаны айланып бийлей башташты. Музообаш Ташбака кайгылуу ырды созду:—

«Үлүлгө треска кеп салып: „Тезирээк кел, жан досум!
Куйругумду арттагы дельфин басып албасын.
Краб менен ташбака баары шашат деңизге,

Бүгүн болчу зоокто түшөсүңбү бийге сен?
Келесиңби, же жокпу, түшөсүңбү бийге сен?

Кандай кызык, жагымдуу болуу деген треска,
Ыргытышса деңизге, алып качат толкундар!“
„Ой!“ деп чочуп кыңылдап үлүл айтты: „Алыска
Ыргытышса, көңүл жок, барбайм дагы, бийлебейм,
Андан көрө жакшы го үйүмдө жөн олтурган
Зоогуңарга бара албайм, алып качса толкундар!“

„Англиядан алыс жер Францияга жакын го,
Алыс деген эмнеси?“ деди кайра треска.
“Бир нече миля жээктен башка жээктер табылат,
Чочулаба, үлүлүм, мындай зоокко барыштан.
Чоң арманда каласың бир чыгынып келбесең,
Түшүндүңбү, же жокпу, түшөсүңбү бийге сен?“»

«Чоң рахмат,» деди Алиса бий акыры аягына жеткенине кубанып. «Көргөн аябай кызык болду. Ал эми треска жөнүндөгү ыр мага аябай жакты! Ушунчалык тамашалуу экен…»

«Баса, треска жөнүндө,» деп баштады Музообаш Ташбака. «Сен, албетте, аны көргөнсүң да?»

«Ооба» деди Алиса. «Ал кээде биздин түшкү тамакта…» Ал коркуп кетип үндөбөй калды.

Музообаш Ташбака оңтойсузданган жок. «Сен муну менен эмне айткың келип жатканын билбейм,» деди Музообаш Ташбака, «бирок силер мындай тез көрүшүп тургандан кийин, сен, албетте, анын кебетеси кандай экенин билесиң…»

«Ооба, билем окшойт,» деп жооп берди Алиса. «Куйругу оозунда жана баары сухардын ичинде.»

«Сухарь деп сен жаңылышасың,» каршы болду Музообаш Ташбака, «сухарлар болгондо баары деңизге тең чөмүлмөк… Эми анын куйругу, ооба, оозунда. Анткени…» Ушул жерден Музообаш Ташбака оозун чоң ачып эстеп, көздөрүн жумду. «Ага куйрук жөнүндө түшүндүрүп койчу,» деп буйруду ал Грифонго.

«Анткени,» деди Грифон, «ал омарлар менен бийлегенди *аябай* жакшы көрөт. Анан алар аны деңизге ыргытышат. Анан ал алыс-алыс жакка учуп кетет. Анан анын куйругу оозуна тыгылып калат—ушунчалык тыгылат, чыгара албайсың. Бүттү.»

«Рахмат,» деди Алиса. «Бул абдан кызык. Мен треска жөнүндө бул нерселердин эч бирин билчү эмесмин.»

«Эгер кааласаң,» деди Грифон, «мен сага треска жөнүндө дагы көп нерселерди айтып берем! Аны эмне үчүн треска дешээрин билесиңби?»

«Мен эч качан бул жөнүндө ойлонгон эмесмин,» деп жооп берди Алиса. «Эмне үчүн?»

«*Треску много*,» деди Грифон олуттуу орусчалап.

Алиса абдаарып калды. «Кандайча? *Ызы-чуулуу* неме дегениңизби?» кайрадан сурады ал түшүнбөй.

«Ооба,» ырастады Грифон. «Балык катары жаман эмес, андан пайда аз, а *ызы-чуусу* көп.»

Алиса үндөбөй, бакырайган көздөрүн Грифондон албай карап отурду.

«Сүйлөшкөндү аябай жакшы көрөт,» улантты Грифон. «*Чыртылдап баштадыбы*, маа десең тээтигил жакка жүгүр. Өзүнө досторду дагы ошондойлордон таап алган. Ага бир чал келип турат—*Судаке*. Таңдан кечке чейин *жок-барды, калп-чынды койгулаштырып сүйлөшүшөт*! Дагы *Чортон* келип турат, ары-бери жүгүрүп жаны тынбайт—ал баарын *сыйкырлайт*. *Сом* деген да болот—мунусу баарына *күмөн салат*… А качан баары бирге чогулганда, ушундай ызы-чуу болушат, башың айланат… Белуганы билесиңби?» Алиса башын ийкеди. «Аны алар ошого жеткиришти. Эч кандай, байкуш, өзүнө келе албай жүрөт. Өкүрүп ыйлайт да, ыйлайт…»

«Ошондуктан анан айтышабы: „Белугадай болуп ыйлап" депчи?» тарткынчыктап сурады Алиса.

«Ооба,» деди Грифон. «Ошондуктан.»

Ушул жерден Музообаш Ташбака көздөрүн ачты.

«Жетишет эми, бул жөнүндө,» деди ал. «Эми сен өзүңдүн укмуштуу окуяларың жөнүндө айтып берчи.»

«Мен бүгүнкү таңдан баштап менде эмне болгону жөнүндө чын дилимден айтып берем,» деди Алиса ишенимсиз. «А кечээги күн жөнүндө айта албайм, анткени анда мен такыр башка болчумун.»

«Түшүндүрсөң, муну менен сен эмнени айткың келип жатат?» деди Музообаш Ташбака.

«Жок, алгач укмуштуу окуяларды,» чыдамы жетпей сөздү бөлдү Грифон. «Түшүндүргөн узун сөз.»

Анан Алиса Ак Кроликти көрүп калгандан баштап өзүндө эмне болгонунун баарын айтып баштады. Грифон менен Музообаш Ташбака көздөрү менен оозун ушундай чоң ачып ага өтө чукул отуруп алышкандыктан алгач ал өзүн бир аз ыңгайсыз сезди; бирок андан кийин кайратына келди. Грифон менен Музообаш Ташбака Алиса Жибек Курт менен жолугуп, ага „*Вильям атаны*" окуп бергенге аракет кылган жерге чейин үндөбөй угушту. Ушул жерден Музообаш Ташбака терең күрсүнүп: «Абдан кызык!» деди.

«Мындан кызык болбойт!» колдоп кетти Грифон.

«Бардыгы ал сөздөр эмес,» ойлуу айтты Музообаш Ташбака. «Эгерде бул өзү бизге бирдеме окуп берсе жакшы болмок. Башта дечи.» Анан ал Грифон Алисага бийлик кыла алчудай болуп ага карады.

«Тур дагы, „*Бул жалкоонун үнү*" дегенди оку,» деп буйруду Грифон Алисага.

«Бул жерде кандай, бардыгы башкарганды жакшы көрүшөт,» деп ойлоду Алиса. «Окуганга гана мажбурлап турушат. Мектепте жүргөндөй болосуң.» Ошентсе да ал жок дебей туруп, окуп баштады. Бирок анын болгон оюу омарлар менен деңиз кадрилинде болгондуктан, өзү да эмне айтаарын билген жок. Сөздөрү чындыгында эле абдан кызыктай чыгып жатты.

«Бул Омардын добушу. Уктуңарбы кыйкырык?
Мурду менен желетке, бантын кошо ыраатттай.
„Кайда чачым жасама? Бышырдыңар эзилтип!“
Жөндү анан байпакчан, лондондук франттай.

Эгер сайроон ээн болуп, тынчып турса айлана,
Акуладан коркпойм деп дарегине таш урат.
Бирок анын карааны капылеттен көрүнсө,
Кумга башын матырып: „Күзөтчү!“ деп бакырат.»

«Мен мектептен окугандагыга таптакыр окшош эмес,» деди Грифон.

«Мен эч качан бул ырларды уккан эмесмин,» деди Музообаш Ташбака. Бирок, чынын айтканда, «бул үрөй учураарлык сандырак!»

Алиса эчтеке деген жок; ал кумга отуруп бетин колдору менен жапты; жашоо кайрадан мурдагысындай уланаарына да ишенген жок.

«Сен бул ырды түшүндүрүп берсең,» деди Музообаш Ташбака.

«Бул эч нерсе деп түшүндүрө албайт,» шашып айтты Грифон. Анан Алисага бурулуп, кошумчалады: «Андан ары оку.»

«Ал эмне үчүн байпакчан келатат?» беттегенин берген жок Музообаш Ташбака. «Жок дегенде мага ушуну түшүндүрүп берчи.»

«Бул бийдеги ушундай позиция,» деди Алиса. Бирок мунун баары анын өзү үчүн да түшүнүксүз нерселер эле; ал бул жөнүндө башка сүйлөгүсү келген жок.

«Оку дейм андан ары,» шаштырды Грифон. «„*Жагалмай деген жапан куш…*“»

Бардыгы дагы башкача болуп калаарын билсе дагы Алиса тил албай коё албады жана калтыраган үнү менен ырды улантты:—

«Жагалмай деген жапан куш,
Жар ташка барып конобу?
Жарылдаган боз торгой,

Мага түгөй болобу?
Кыргыек деген кыраан куш,
Кыр ташка барып конобу?
Каркылдаган карга жан,
Мага өмүрлөш болобу?»

«Бул сандырактын баарын окуп эмне кереги бар,» аны бөлдү Музообаш Ташбака, «эгер сен эч нерсе түшүндүрүп бере албасаң? *Мындай* балдыр-салдырды мен өмүрүмдө уга элекмин!»

«Болду, балким жетишет,» макул болду Грифон Алисаны чексиз кубанычка бөлөп.

«Каалайсыңбы, биз дагы бийлеп берели?» улантты Грифон. «Же андан көрө Музообаш Ташбака сага ырдап берсинчи?»

«Ой, ыр, мүмкүн болсо,» деп жооп берди Алиса ушундай ынтаа менен, анысына Грифон ийнин гана куушуруп койду. «Табит тууралуу талашпайт,» деди ал таарынгансып. «Буга „*Кечки тамак*“ дегенди ырдап берип койчу, абышка.»

Музообаш Ташбака терең дем алып, солуктаган бойдон ырдап берди:—

«Кечки тамак, сүйүктүү деңиз сорпо!
Жылтылдайсың жашыл да, коюу болуп,—
Жыттабаган жандарда арман болот,
Кечки тамак, жыргал тамак!
Кечки тамак, жыргал тамак!
Жыргаа—аал таа—аамак!
Жыргаа—аал таа—аамак!
Тамак кее—еечкии,
Жыргал, жыргал тамак!

Кечки тамак! Жүрөккө каршы чыгып,

Кимдер сурайт сёмганы, тресканы?
Биз бардыгын унтабыз өзүң үчүн,
Бекер, арзан берилген жыргал тамак!
Бекер, арзан берилген жыргал тамак!
Жыргаа—аал таа—аамак!
Жыргаа—аал таа—аамак!
Тамак кее—еечкии,
Жыргал, жыргал тамак!»

«Кайырмасын кайталачы!» деди Грифон. Музообаш Ташбака оозун ачайын деди эле, бирок ушул учурда алыстан: «Сот келатат!» деген үн угулду.

«Кеттик!» деп кыйкырды Грифон, Алисаны колдон алып, анан ырды аягына чейин укпай эле жетелеп жөнөдү.

«А кимди соттошот?» демигип сурады Алиса. Бирок Грифон болгону кайталап жатты: «Кеттик!» Анан кадамын тездетти. Ал эми арттан келген желаргы аларга уламдан-улам алсыз чыгып бараткан кайгылуу үндү жеткирип турду:—

«*Тамак кее—еечкии,*
Жыргал, жыргал тамак!»

XI Бап

Кренделди Ким Уурдады?

Кызыл ача Кан менен Каныша тактыда отурушат, ал эми айланасында калган карталар жана көп сандаган ар кандай канаттуулар менен жан-жаныбарлар толуп алышкан, тактынын алдында эки аскердин ортосунда чынжырланган Балта турат, ал эми Кандын жанында Ак Кролик айланчыктап жүрөт—бир колунда түтүк кармаган, экинчисинде—узун тери ышкыргыч. Ортосунда үстөл, үстөлдө—көрүнүшү ушунчалык табиттүү кренделдери менен чоң табак, Алисанын жадагалса шилекейи агып кетти. «Тезирээк соттоп бүтүшсө болот эле,» деп ойлоду ал, «анан эртерээк сыйлашса.» Буга өзгөчө үмүт, албетте, жок болчу, анан ал убакытты эптеп кыскартыш үчүн жан-жагын карап баштады.

Бул тууралуу китептерден окуса дагы, мурда Алиса эч качан сотто болуп көргөн эмес. Бул жердегилердин баарынын тааныш болгону ага жагымдуу болду. «Тетигил судья,» деди ал ичинен. «Жасама чаччан, демек судья.»

Судья, баса, Кандын өзү болчу, ал эми таажыны болсо жасама чачтын үстүнөн кийүүгө туура келди (ал муну кантип кылганын көргүңөр келсе, бет ачаар баракты карап көргүлө); ал өзүн өтө деле ишенимдүү сезе алган жок. Анын үстүнө бул ага анчейин жарашкан жок.

«Булар чечим чыгаруучулар үчүн орундар,» деп ойлоду Алиса. «Ал эми бул он эки жандык (ага бул сөздү колдонгонго туура келди, анткени ал жакта жаныбарлар да, канаттуулар да бар эле) чечим чыгаруучулар сыяктуу.» Акыркы сөздү өзүнчө эки-үч жолу кайталады—ал ушундай оор сөздү билгендиги менен абдан сыймыктанчу; бул эмне экенин түшүнгөн бир аз эле кыз табылаар анын курагындагы деп ойлоду Алиса (бул жагынан ал туура болчу). Бирок аларды «чечим чыгаруучу катышуучулар» деп атоо дагы туура болмок.

Чечим чыгаруучулар ал ортодо грифель такталарына бат-баттан шыпылдатып жазып жатышты. «Алар эмнени жазып жатышат?» шыбырап сурады Алиса Грифондон. «Сот али баштала элек да…»

«Алар өз аттарын жазып жатышат,» шыбырады Грифон жооп катары. «Соттун аягына чейин аттарын эптеп эстеп туралы, унутуп калбайлы деп коркуп жатышат.»

«Мынакей келесоолор!» кыжыры кайнап кыйкырып жиберди Алиса, бирок ошол эле учурда үндөбөй калды, анткени Ак Кролик *кыйкырып калды*: «Сот залында чуулдабагыла!» Ал эми Кан көз айнегин тагынды да, тынчсыздануу менен залды карады: ким чуулдап жатканын билгиси келди окшойт. Алиса үндөбөй калды.

Чечим чыгаруучулардын: «Мына келесоолор!» деп жазганын өзүнүн ордунан эле алардын аркасында тургандай даана көрдү—ал тургай алардын кимдир бирөөсүнүн «келесоолор» деген кандай жазылаарын билбей, жанындагысыныкын көрүп, өзүнүкүн оңдоп жазганга мажбур болгонун байкады. «Элестетип жатам, сот бүткөнчө булар эмнени гана жазып коюшаарын!» деп ойлоду Алиса.

Чечим чыгаруучулардын кимдир бирөөсүнүн грифели улам эле кыйчылдап жатты. Буга, албетте, Алиса чыдай алган жок: жакындап барып, анын аркасына турду; ыңгайлуу учурду таап, грифелди шамдагайлык менен жулуп алды. Ал мунун бардыгын ушундай тездик менен жасагандыктан, байкуш чечим чыгаруучу (бул кичинекей Билл эле) эмне болгонун түшүнгөн жок; грифелди издеп-издеп, анан акыры манжасы менен жазмай болду; бирок бул натыйжасыз эле, анткени манжасы грифель тактасына эч кандай из калтырган жок.

«Жарчы, айыптоону оку!» деди Кан.

Ак Кролик үч жолу сурнай тартып, тери түтүкчөнү ачып окуп баштады:—

«Кызыл ача Маткеси крендел бышырып,
Жай күнү эшикте аябай ысык, үп.
Кызыл ача Балтасы акылдуу жан экен,
Кренделдин жетисин кетиптир кымырып.»

«Биринчи күбөнү чакыргыла,» буйрук берди Кан. Ак Кролик үч жолу сурнай тартып, анан кыйкырып жиберди: «Биринчи күбө!»

Биринчи күбө Шляпачы болуп чыкты. Ал бир колунда чыныдагы чайын, экинчи колунда бутербродун көтөргөн бойдон тактыга жакындап келди. «Кечирим сурайм, таксыр,» деп баштады ал, «мен бул жакка чыны менен чыкканыма. Бирок мага келишкен учурда мен чай ичип жаткан болчумун. Ичип бүткөнгө үлгүргөн жокмун…»

«Үлгүрсөң деле болмок,» деди Кан. «Сен качан баштадың эле?»

Шляпачы өзүнүн аркасынан Соня менен кол кармашып келаткан Март Коёнун карады. «Он төртүнчү мартта, менимче.»

«Он бешинде,» деп салды Март Коёну.

«Он алтысында,» күбүрөдү Соня.

«Жазгыла,» буйрук берди Кан чечим чыгаруучуларга, анан алар шашылыш грифель тактасына болгон үч күндү тең жазышты, андан кийин алардын баарын чогултуп, шиллинг менен пенстерге которушту.

«Чеч өзүңдүн шляпаңды,» деди Кан Шляпачыга.

«Ал меники эмес,» деп жооп берди Шляпачы.

«*Уурдалган*!» деп кыйкырып жиберди Кан, анан бул фактыны дароо жазып баштаган чечим чыгаруучуларга бурулду.

«Мен аларды сатык үчүн кармап турам,» түшүндүрдү Шляпачы. «Менин шляпам жок, мен шляпачымын.»

Ушул жерден Каныша көз айнегин тагынды да, Шляпачынын бетине тике карады—тигил купкуу болуп, салмагын экинчи бутуна салды.

«Көрсөтмө бер,» деди Кан, «анан жинденбе, эгер антпесең мен сени ордуңдан өлтүрүүнү буйруйм.»

Бул Шляпачыны шыктандырып деле жиберген жок: ал Канышаны жинденип карап жатып өзүнүн турган жерин таптап бүттү жана чаташып бутерброддун ордуна чынынын кырын тиштеп алды.

Ушул көз ирмемдерде Алиса өзүн кандайдыр бир кызыктай сезди. Эмне болуп жатканын такыр түшүнө албай нес болуп жатканында ал кайра чоңойду! Алгач туруп, сот залынан чыгып кетейин деди, бирок ойлонуп көрүп, калууну жана ага орун бар болуп турган кезде отуруп турууну чечти.

«Сен мынчалык мени сүрүп чыкпасаң болобу?» деп сурады жанында отурган Соня. «Мен араң дем алып жатам.»

«Эчтеке кыла албайм,» күнөөлүү үн катты Алиса. «Мен өсүп жатам.»

«*Бул жерден* өскөнгө акың жок,» деди Соня.

«Болбогон кеп,» деп жооп берди кайраттанып Алиса. «Сиз өзүңүз да өсүп жатканыңызды жакшы билесиз да.»

«Ооба, бирок мен акылга сыярлык тездик менен өсөм,» каршы болду Соня, «кээ бирөөлөрдөй болбой… Бул жөн эле күлкүлүү, ушинтип өскөн!» Ал тултуйган бойдон турду да, залдын башка тарабына өттү.

Ал эми Каныша ал ортодо дагы эле Шляпачыны тике карап турган, анан Соня отурганга дагы үлгүрө электе, Каныша үтүрөйүп буйрук берди: «Акыркы концертте ырдагандардын тизмесин бул жакка бергиле!» Ушул жерден байкуш Шляпачы ушунчалык калтырады, эки бутунун тең чокою ыргып кетти.

«Бер өзүңдүн көрсөтмөлөрүңдү,» кайталады Кан ачууланып, «болбосо мен сени өлүм жазасына буйрам. Сен жинденесиңби, жокпу, мага баары бир!»

«Мен кичинекей кишимин,» үн катты Шляпачы калтыраган үнү менен, «анан мен чайга тоюп үлгүргөн жокмун… менин баштаганыма болгону бир жума болду… нан менен майым менде дээрлик калбай калды… мен ушул мезгил бою биздин үстүбүздөгү, *тигил* асман алдындагы батыныстай болгон… үкү жөнүндө ойлодум…»

«*Эмне* жөнүндө?» деп сурады Кан.

«*Асман алдындагы… батыныс…*»

«Эми албетте,» деди Кан катаал, «беркиң, *под нос*—ээк алдындагың—бул бир, ал эми асман *алдындагы*—такыр башка! Эмне, сен мени жинди деп жатасыңбы? Улант!»

«Мен кичинекей кишимин,» улады Шляпачы, «эми менин көз алдыма тартылып жатат… болгону капыстан Март Коёну айткандан соң…»

«Мен эч нерсе деген жокмун,» шашып анын сөзүн бөлдү Март Коёну.

«Жок, айттың,» каршы болду Шляпачы.

«Танам,» деди Март Коёну.

«Ал баарын танат,» кулактандырды Кан. «Протоколго киргизбегиле!»

«Анда, демек, Соня айткан,» улантты Шляпачы, тынчсыздануу менен Соняны карап. Бирок Соня эч нерсени танган жок—ал катуу уктап жаткан.

«Анда мен өзүмө дагы нан кесип алгам,» деп улантты Шляпачы, «анан ага май сыйпагам…»

«Бирок Соня эмне деп айтты эле?» деп сурады чечим чыгаруучулардын ичинен кимдир бирөө.

«Эсимде жок,» деди Шляпачы.

«*Эстегенге* аракеттен,» деди Кан, «болбосо сени өлүм жазасына буйруйм.»

Бактысыз Шляпачы колунан чынысы менен бутербродун түшүрүп ийди да, сыңар тизелеп отуруп калды. «Мен кичинекей, жарды кишимин.»

«Сенин тилиң жарды,» деди Кан.

Ушул жерден деңиз чочколорунун бири катуу кол чаап, анан *басылды*. («Басылды» деген мааниси бар сөз болгондуктан, анын эмне экенин сага түшүндүрөм. Кызматкерлер чоң мүшөк алып, ага чочкону башын төмөн каратып салып, анан үстүнө отуруп алышты.)

«Мунун кандай болоорун көргөнүм абдан жакшы болду,» деп ойлоду Алиса. «Болбосо гезиттерден абдан көп окучумун: „Каршы болуу аракеттери басылган...“— дегенди. Эми мен билем, „басылган“ эмне экенин!»

«Сен билген нерселер ушул эле болсо, анда кете берсең болот,» деп улантты Кан.

«Мен кете албайм, мен тизелеп турам го,» деди Шляпачы.

«Анда жөргөлөсөң болот,» деп жооп берди Кан.

Ушул жерден башка чочко кол чаап жиберип, ал да басылды.

«Мына ошентип, деңиз чочколорунун иши бүттү,» деп ойлоду Алиса. «Эми иш жакшыраак жүрөт.»

«Мен, балким, барып чайымды ичип бүтөм,» деди Шляпачы ырчылардын тизмесин окуп жаткан Канышаны коркуп карап.

«Сен бошсуң,» деди Кан. Шляпачы болсо чокоюн кийгенге аярлап да койбостон, көз ачып-жумганча сот залынан ыргып чыкты.

«...анын башын ошол көчөдөн алгыла,» кошумчалады Каныша, кызматкерлердин бирине бурулуп. Бирок Шляпачы алыска узап кеткен эле.

«Күбө кызды чакыргыла,» деп буйруду Кан.

Күбө Герцогинянын ашпозчусу болуп чыкты. Ал колуна мурч салгычты кармап алган. Ал сот залына кире электе эле, эшиктин жанында отургандар, баары жапырт бир кишидей болуп капысынан улам-улам чүчкүрүп баштаашты. Алиса азыр ким келатканын дароо билди.

«Бер өзүңдүн көрсөтмөлөрүңдү,» деди Кан.

«Эч кандай,» деп жооп берди ашпозчу.

Кан түшүнбөй Ак Кроликти карады. «Аны туш-туштан суроо берүүгө алыш керек, таксыр,» шыбырады Кролик.

«Мейли, туш-туштан суроо берүү болсо, ошондой болсун» күрсүндү Кан, колдорун көкүрөгүнө кайчылаштырып, каштарын каардуу үтүрөйтүп, көздөрүн чалырайтып, анын кебетесин көрүп Алиса коркуп да кетти. Акыры Кан акырын сурады: «Кренделди эмнеден жасашат?»

«Негизгиси мурчтан,» деп жооп берди ашпозчу.

«Киселден,» деп үн чыгарды анын аркасынан уйкулуу үн.

«Мобул Соняны кармагыла!» деп бакырды Каныша. «Анын башын алгыла! Анын мойнун бурагыла! Баскыла аны! Чымчыгыла аны! Муруттарын кескиле!»

Баары Соняны кармаганга атырылышты. Ызы-чуу башталды, а качан, акыры, баары кайрадан өз ордуларына отурушканда, ашпозчу жок болуп чыкты.

«Мына эми жакшы,» деди Кан жеңилденүү менен. «Кийинки күбө кызды чакыргыла!» Анан Канышага бурулуп, ал жарым үн менен: «Эми, жаным, сен өзүң аны туш-туштан суроо берүүгө ал. Болбосо менин башым ооруп, жарылайын деп калды.»

Ак Кролик тизмени шуудурата баштады. «Кызык, кимди алар эми чакырышат,» деп ойлоду Алиса. «Азырынча далил аларда жок да эч кандай…» Качан Ак Кролик өзүнүн ичке үнү менен: «Алиса!» деп чыңырып кыйкыргандагы Алисанын таңгалганын элестеткиле.

XII Бап

Алиса Көрсөтмө Берет

«Мен мындамын!» деп кыйкырган Алиса толкунданганынан акыркы бир нече мүнөттө канчалык өскөнүн унутуп калып ордунан ушунчалык тез ыргып турду эле, юбкасынын чети менен чечим чыгаруучулар отурган отургучка тийип кетти,—отургуч көңтөрүлүп, анда отурган бардык чечим чыгаруучулар төмөн, отурган публиканын башына күбүлүштү. Алар бүтүндөй Алисага бир жума мурун кокусунан аквариумду көңтөрүп алгандагы полго түшкөн алтын балыктарды эстетип тегерете жерде жатып калышты.

«*Кечириңиздер*, суранам!» кайгылануу менен кыйкырып айтып жатты Алиса, анан шашып чечим чыгаруучуларды тере баштады; аквариум менен болгон окуя анын оюнан кетпеди, анан ага эгерде чечим чыгаруучуларды болушунча тез терип, кайра отургучтарына отургузуп ийбесе, алар токтоосуз өлүп калчудай көрүндү.

«Сот өз ишин качан чечим чыгаруучулардын бардыгы өз ордуларына кайтып келгенден кийин гана улантат,» деди

Кан катаалданып. «Мен кайталайм: баары! *Бири калбай баары*!» деди ал токтоп-токтоп, Алисадан көзүн албай.

Алиса чечим чыгаруучуларды карап, өзүнүн Билл кескелдирикти шашып жатып отургучуна буттарын өйдө каратып отургузуп койгонун көрүп калды; ал байкуш куйругун кайгылуу булгалактатып, бирок эч бир оодарыла албай жатыптыр. Алиса аны тезден алды да, кайра ордуна тууралап отургузду. Ал ичинен ойлоду: «Албетте, бул такыр маанилүү эмес. Башы өйдө жактабы, ылдый жактабы, андан сотто эч бир пайда жок.»

Чечим чыгаруучулар бир аз өздөрүнө келип, кулаганда жоголгон грифелдери менен такталарын кайра алышаары менен бул окуянын тарыхын берилип жазып башташты. Жалгыз Билл гана оозун чоң ачып, асманга тигилген бойдон кыймылсыз отурду: дагы эле эсине келе албай жатты көрүнөт.

«Сен эмне билесиң бул иш жөнүндө?» деп сурады Кан Алисадан.

«Эч нерсе,» деп жооп берди Алиса.

«*Такыр* эчтекеби?» көшөрүп сурамжылап жатты Кан.

«Такыр эч нерсе,» кайталады Алиса.

«Бул абдан маанилүү,» жарыялады Кан, чечим чыгаруучуларга бурулуп. Алар шыпылдатып жазып баштады, бирок ушул жерден Ак Кролик кийлигишти. «Таксыр, албетте, „маанилүү *эмес*" деп айткысы келди,» деди урмат менен. Бирок ошол эле учурда Канга ачуулуу жана бети-башын жыйрып карады.

«Ооба,» шашкалактай түштү Кан. «Мен дал ушуну айтайын дегем. Маанилүү! Албетте, маанилүү эмес!» Анан кайсынысы жакшыраак угулат деп текшерип көрүп жаткансып жарым үн менен күбүрөдү: «Маанилүү—маанилүү эмес—маанилүү эмес—маанилүү…»

Кээ бир чечим чыгаруучулар: «Маанилүү!» кээ бирөөлөрү—«Маанилүү эмес!» деп жазып алышты. Алиса абдан жакын тургандыктан, ага баары даана көрүнүп турду. «Мунун эч кандай мааниси жок,» деп ойлоду ал.

Ушул учурда өзүнүн жазуу китепчесине бирдемелерди тезден жазып жаткан Кан: «Акырынгыла!» деп кыйкырды. Китепчесин карап, окуп баштады: «„Кырк экинчи эреже. *Баарыңар, кимдин бою милядан өйдө болсо, токтоосуз залдан чыгып кеткенге туура келет*".»

Анан баары Алисаны карап калышты.

«Меники миля *болбойт*,» деди Алиса.

«Жок, болот,» каршы болду Кан.

«Сеники эки миля, андан аз эмес,» кошумчалады Каныша.

«Мен эч жакка кетпейм,» деди Алиса. «Жана дегеле бул чыныгы эреже эмес. Силер аны азыр эле ойлоп таптыңар.»

«Бул китептеги эң эски эреже!» Кан каршы болду.

«Анда ал биринчи эреже болушу керек болчу да?» деп сурады Алиса.

Кан өң-алеттен кетип, китепчесин шашыла жапты. «Өз чечимиңерди ойлонгула,» деди ал чечим чыгаруучуларга акырын, титиреген үнү менен.

Ак Кролик өз ордунан шашылып ыргып турду. «Макулдугуңуз менен, таксыр. Мында дагы башка далилдер бар. Жаңы эле бир документ табылды.»

«Анда эмне бар экен?» сурады Каныша.

«Мен аны али окуй элекмин,» деп жооп берди Ак Кролик, «бирок, менимче, бул айыпталуучунун каты сындуу... кимдир-бирөөгө...»

«Албетте, кимдир-бирөөгө,» деди Кан. «Анан эч кимге болмок беле.»

«Ал кимге даректелген?» чечим чыгаруучулардын ичинен бирөө сурады.

«Эч кимге,» деп жооп берди Ак Кролик. «Кандай болсо да артында эч нерсе жазылган эмес.» Ушул сөздөрдү айтып ал катты ачты дагы, кошумчалады: «Бул ал тургай кат дагы эмес, ыр экен.»

«Айыпталуучунун колубу?» сурады башка чечим чыгаруучу.

«Жок,» деп жооп берди Ак Кролик. «Анан ушунун баары шектүү.» (Чечим чыгаруучулар абдаарып калышты.)

«Демек, окшотуп кол койгон,» деди Кан. (Чечим чыгаруучулардын кабактары ачыла түштү.)

«Таксыр,» деди Балта, «мен бул катты жазган эмесмин, анан алар да муну далилдей алышпайт. Анда кол коюлган эмес.»

«Андан да жаман,» каршы болду Кан. «Демек, сен бир жаман нерсени *ойлогонсуң*, болбосо бардык чынчыл адамдардай эле кол коймоксуң да.»

Баары кол чаап жиберишти: күн бою отуруп биринчи жолу Кан чын эле бир жөндүү сөздү айтты.

«*Күнөө* далилденди,» деди Каныша. «Анын башын…»

«Андай эмес!» каршы болду Алиса. «Силер жадагалса ыр эмне жөнүндө экенин билбейсиңер.»

«Оку ырды!» деди Кан Кроликке.

Кролик көз айнегин тагынды. «Эмнеден баштайын, таксыр?» деп сурады ал.

«Башынан башта,» маанилүү жооп берди Кан, «анан аягына жеткенче улант. Жетээриң менен токто!»

Өлүү тынчтык өкүм сүрдү. Ак Кроликтин эмнени окутаны мынакей.

«Билем, аны менен сүйлөштүң,
Тиги менен деле, албетте.
Ал айткандыр: „Абдан татына,
Сүзгөндү ал бирок билбейт го“.

Анда болду ал да, тиги да
(Дүйнөдө, ооба, баары билишет).
Эгерде ишке болсо мүмкүндүк,
Жоопкердикти мойнуңа илишет.

Үчтү бердим, алар бизге—беш,
Аларга алты берем дедиңер.
Кайтты сага бирок бардыгы,
Анын баары меники эле го.

Аны менен мындай булганыч
Иштерге эч кирип кетпедиң.
Айтты эле го бирок беркиси,
Бардыгына тоюп кеткенин.

Ысык кандуу, албетте, анысы,
Талашаарсың муну канчалык?
Ийиниңден кесүү деле азыр,
Коoптуу эмес эми анчалык.

Беркиси аны бирок билбесин,
(Айтып алба билбей акырын).
Калгандары такыр күнөөсүз,
Бул сыр болсун бекем, жашырын.»

«Бул эң маанилүү далил,» деди Кан, колдорун ушалап. «Бүгүн биз уккандардын баары бул далилдин жанында суу кечпей калды. Эми чечим чыгаруучулар өздөрүнүкүн ойлосун…»

Бирок Алиса ага сөзүн бүтүрткөн жок. «Эгерде алардын ичинен ким бирөө мага бул ырды түшүндүрүп бере алса, мен ага алты пенс берем (Акыркы бир нече мүнөттө ал дагы өстү, эми ага эч ким коркунучтуу болбой калды). Мен ырда эч бир маани жок экенине ишенем!»

Чечим чыгаруучулар жазышты: «Анда эч бир маани жок экенине *ал* ишенет»—Бирок алардын ичинен эч ким ырды түшүндүргөнгө аракет кылган жок.

«Эгерде аларда эч бир маани болбосо,» деди Кан, «андан жакшы: демек аны түшүндүргөнгө аракет кылбай койсо да болот. Ошондой болсо да…» Ушул жерден ырды ал өзүнүн тизесине койду да, көзүнүн кыйыгы менен окуп, муну айтты: «Ошондой болсо да кайсы бир маанилер буларда бар сыяктуу, „—*Сүзгөндү ал бирок билбейт го*—“»

Анан Балтага бурулуп, сурады Кан: «Сен сүзгөндү билбейсиң да?» «Мен кайдан!» Балта башын муңайым ийкеди. (Бул чын болчу—анткени ал кагаздан болчу да.)

«Ошентип,» деди да Кан кайрадан ырга үңүлдү. «„*Дүйнөдө, ооба, баары билишет*“—муну ал, албетте, чечим чыгаруучулар жөнүндө. „*Эгерде ишке болсо мүмкүндүк...*"—бул Каныша жөнүндө болушу мүмкүн. „*Жоопкердикти мойнуңа илишет...*" Талашсыз, ошондой болмок!—„*Үчтү бердим, алар бизге—беш*"—Мынакей анын крендeлдерди эмне кылганы!»

«Бирок ал жерде „*Кайтты сага бирок бардыгы*" дегени турбайбы,» деди Алиса.

«Албетте, кайтып келишти,» кыйкырып жиберди Кан, салтанат менен үстөлдө турган табактагы крендeлдерди көргөзүп. «Бул анык—„*Ысык кандуу, албетте, анысы*"» —күбүрөдү да Канышаны карады. «Сен ысык кандуу белең эмне, жаным?»

«Сен эмне, мен адаттан тыш токтоомун,» деп жооп берди Каныша, анан сыя челекти кичинекей Биллге ыргытып жиберди. (Ал байкуш тактага эч кандай из калтырбайт экен деп манжасы менен жазганды таштады эле, бирок эми манжасын өзүнүн бетинен аккан сыяга малып, кайрадан жазганга шашылды).

«Ийининден кесүү...» деп окуду да Кан кайрадан

Канышаны карады. «Качандыр бир сен ийинден кесчү белең, жаным?»

«Эч качан,» деди Каныша. Анан бурулуп, байкуш Биллди сөөмөйү менен көрсөтүп кыйкырып жиберди: «Анын башын алгыла! Башын ийинден баштап!»

«А-а, түшүнөм,» деди Кан. «Сен бизде жиптей эшпейсиң, ийинден кеспейсиң! Жок, кесесиң!» Анан ал күлүмсүрөп жан-жагын карады. Эч ким унчуккан жок.

«Бул тамаша!» ачууланып кыйкырып ийди ачууланган Кан. Анан баары күлүп калышты. «Чечим чыгаруучулар чечишсин эми, күнөөлүүбү ал же жокпу,» деди Кан бул күнү жыйырманчы жолу.

«Жок!» деди Каныша. «Мейли өкүм чыгарышсын! А ал күнөөлүүбү же жокпу—анан көрөбүз!»

«Болбогон сөз!» деди Алиса катуу кыйкырып. «Мындай нерсе кантип башка келсин!»

«Тынч!» деп айкырды Каныша, кызарып-татарып.

«Тынч болоюн деген оюм жок.» деди Алиса.

«Мунун башын алгыла!» Каныша болгон үнү менен бакырып баштады. Эч ким ордунан козголгон жок.

«Сиз кимди коркута аласыз?» деди Алиса. (Эми ал өзүнүн адаттагы боюна өсүп жеткен) «Сиз болгону-болгону колода картасы эмессизби!»

Ушул жерден бардык карталар абага көтөрүлүп, Алисанын бетине учушту. Ал кыйкырып жиберди— корккондонбу, жинденгенденби,—алардан коргоно баштады… анан жээкте, башын эжесинин тизесине коюп жатканын түшүндү, ал эми эжеси болсо анын бетине бактан учуп түшкөн кургак жалбырактарды акырын серпип учуруп отурат.

«Алиса, күчүгүм, ойгон!» деди эжеси. «Сен кандай узак уктадың!»

«Мен кандай кызыктай түш көрдүм!» деди да Алиса эжесине өзүнүн эсте калган, жаңы эле силер окуган укмуштуу окуялары жөнүндө айтып берди. Качан ал айтып бүткөндө эжеси бетинен өөп: «Чын эле, түшүң аябай кызыктай экен! Эми болсо жүгүр үйгө, болбосо чайдан кечигесиң, күчүгүм» деди. Алиса ордунан атып туруп, ага эмне болгон сонун түш киргенин түшүнүү кыйын эместей чуркап жөнөдү.

Эжеси го жээкте отурган бойдон калды. Колуна таянган бойдон батып бараткан күндү карап, көзү илинип кеткиче кичинекей Алиса жана анын укмуштуу окуялары жөнүндө ойлоду. Анан анын түшүнө мына эмнелер кирди.

Алгач ал Алисаны көрдү—кайра эле кичинекей колдору анын тизесине оролуп, кайра эле чоң жайнаган көздөрү төмөндөн аны карайт, ал анан Алисанын үнүн укту жана дайыма көздөрүнө түшө берген саамай чачын кантип артка силккенин көрдү. Ал кулак түрдү: айланада баары жанданды, анан Алисанын түшүнө кирген кызыктай жандыктар болуш керек, аны курчашты.

Анын буттарынын жанынан бийик чөп шуудур этти—бул жанынан чуркап өтүп бараткан Ак Кролик болчу; анча алыс эмес жерде көлчүктү шарпылдатып корккон Чычкан сүзүп жүрөт; табакка коюлган чыны калдырады—бул өзүнүн досторуна бүтпөс чайын шыкап отурган Март Коёну болчу; өзүнүн бактысыз коноктoрун өлүмгө атказган Каныша чарылдап кыйкырды: «Анын башын алгыла!»; кайрадан Герцогинянын тизесинде торопой-бала чүчкүрдү, ал эми анын айланасында табактар ушундай ышкырат; кайрадан абада Грифондун кыйкырыгы, тактадагы грифелдин кыйчылдаганы, *басылган* чочконун чаңырыгы жана бактысыз Музообаш Ташбаканын алыстан боздоп ыйлаганы жаңырды.

Ал ошенткен бойдон көздөрүн жумуп, көздөрүн ачса эле айланасындагылардын баары кайра көндүм, кайра адаттагыдай болуп калаарын билсе дагы, өзүнүн да Кызыктар Өлкөсүнө түшүп калганын элестетип отурду; бул болгону шамал чөптү шуудуратып, көлмөнү жыбыр-жыбыр эттирип, арыда камыш шуулдап жаткан; койлордун мойнундагы коңгуроолордун шаңгырагы идиш-аяктын добушуна окшошот, Канышанын чаңырган үнү—малчынын кыйкырыгы, ымыркайдын ыйы менен Грифондун коңуругу—мал короодогу ызы-чуу, ал эми Музообаш Ташбаканын онтогону (ал муну билчү) менен уйлардын алыстан мөөрөгөнү бири-бирине куюлушат.

Анан акырында ал анын кичинекей сиңдиси кийин чоңойгондо кантип жөнөкөй, сүймөнчүктүү балалык жүрөгүн эсен сактап, айланасына башка майда балдарды чогултуп алып—ал эми ал айткан таңгалаарлык жомоктор, ал тургай бул Кызыктар Өлкөсү жөнүндөгү илгерки түш болсо дагы, адаттан тыш окуяларды уккусу келгенден бөбөктөрдүн көздөрүн жалжылдатаарын; анан ал кантип өзүнүн балалыгы менен бактылуу жайкы күндөрүн эске салып жатып алардын баёо кайгылары менен баёо кубанычтарын тең бөлүшөөрүн элестетти.

Sources

Alice's Adventures in Wonderland: The Evertype definitive edition,
by Lewis Carroll, 2016

Alice's Adventures in Wonderland, illus. June Lornie, 2013

Alice's Adventures in Wonderland, illus. Mathew Staunton, 2015

Alice's Adventures in Wonderland, illus. Harry Furniss, 2016

Alice's Adventures in Wonderland, illus. J. Michael Rolen, 2017

Through the Looking-Glass and What Alice Found There,
by Lewis Carroll, 2009

The Nursery "Alice", by Lewis Carroll, 2015

Alice's Adventures under Ground, by Lewis Carroll, 2009

The Hunting of the Snark, by Lewis Carroll, 2010

Sequels

A New Alice in the Old Wonderland, by Anna Matlack Richards, 2009

New Adventures of Alice, by John Rae, 2010

Alice Through the Needle's Eye, by Gilbert Adair, 2012

Wonderland Revisited and the Games Alice Played There,
by Keith Sheppard, 2009

Alice and the Boy who Slew the Jabberwock,
by Allan William Parkes, 2016

Spelling

Alice's Adventures in Wonderland,
Retold in words of one Syllable by Mrs J. C. Gorham, 2010

𐐈𐑊𐐮𐑅'𐑆 𐐈𐐼𐑂𐐯𐑌𐐽𐐲𐑉𐑆 𐐮𐑌 𐐎𐐲𐑌𐐼𐐲𐑉𐑊𐐰𐑌𐐼 (Alis'z Advenchurz in Wundurland), *Alice*
printed in the Deseret Alphabet, 2014

𐐜 𐐐𐐲𐑌𐐻𐐮𐑍 𐐲𐑂 𐑄 𐐝𐑌𐐪𐑉𐐿 (Dh Hunting uv dh Snark),
The Hunting of the Snark printed in the Deseret Alphabet, 2016

𐐛𐑉𐐭 𐑄 𐐢𐐳𐐿𐐮𐑍-𐐘𐑊𐐰𐑅 𐐰𐑌𐐼 𐐐𐐶𐐲𐐻 𐐈𐑊𐐮𐑅 𐐙𐐫𐑌𐐼 𐐜𐐯𐑉
(Thru dh Lüking-Glas and Hwut Alis Fawnd Dher),
Looking-Glass printed in the Deseret Alphabet, 2016

Alice's Adventures in Wonderland,
Alice printed in Dyslexic-Friendly fonts, 2015

Alice's Adventures in a Dyslexic Wonderland, *Alice* printed in a font that simulates Dyslexia, 2015

[illegible] (Ælɪsɛz Ædvɛntʃʊɹz ɪn Wʌndʊɹlænd), *Alice* printed in the Ewellic Alphabet, 2013

ˈÆlɪsɪz Ədˈventʃəz ɪn ˈWʌndəˌlænd,
Alice printed in the International Phonetic Alphabet, 2014

Alis'z Advnčrz in Wundland, *Alice* printed in the Ñspel orthography, 2015

[illegible], *Alice* printed in the Nyctographic Square Alphabet, 2011

Alice's Adventures in Wonderland,
Alice printed in Pitman New Era Shorthand, 2018

Alice's Adventures in Wonderland, *Alice* printed in QR Codes, 2018

[illegible] (Alɪs'əz ədventjuːrz ɪn Wʌndərlænd),
Alice printed in the Shaw Alphabet, 2013

ALISIZ ADVENCƎRZ IN WUNDRLAND,
Alice printed in the Unifon Alphabet, 2014

[illegible] (Aliz kalandjai Csodaországban),
The Hungarian *Alice* printed in Old Hungarian script, tr. Anikó Szilágyi, 2016

SCHOLARSHIP

Reflecting on Alice: A Textual Commentary on *Through the Looking-Glass*, by Selwyn Goodacre, 2016

Elucidating Alice: A Textual Commentary on *Alice's Adventures in Wonderland*, by Selwyn Goodacre, 2015

Behind the Looking-Glass: Reflections on the Myth of Lewis Carroll, by Sherry L. Ackerman, 2012

Selections from the Lewis Carroll Collection of Victoria J. Sewell, compiled by Byron W. Sewell, 2014

SOCIAL COMMENTARY

Clara in Blunderland, by Caroline Lewis, 2010

Lost in Blunderland: The further adventures of Clara, by Caroline Lewis, 2010

John Bull's Adventures in the Fiscal Wonderland, by Charles Geake, 2010

The Westminster Alice, by H. H. Munro (Saki), 2017

Alice in Blunderland: An Iridescent Dream, by John Kendrick Bangs, 2010

SIMULATIONS

Davy and the Goblin, by Charles Edward Carryl, 2010

The Admiral's Caravan, by Charles Edward Carryl, 2010

Gladys in Grammarland, by Audrey Mayhew Allen, 2010

Alice's Adventures in Pictureland, by Florence Adèle Evans, 2011

Folly in Fairyland, by Carolyn Wells, 2016

Rollo in Emblemland, by J. K. Bangs & C. R. Macauley, 2010

Phyllis in Piskie-land, by J. Henry Harris, 2012

Alice in Beeland, by Lillian Elizabeth Roy, 2012

Eileen's Adventures in Wordland, by Zillah K. Macdonald, 2010

Alice and the Time Machine, by Victor Fet, 2016

Алиса и Машина Времени (Alisa i Mashina Vremeni),
Alice and the Time Machine in Russian, tr. Victor Fet, 2016

SEWELLIANA

Sun-hee's Adventures Under the Land of Morning Calm,
by Victoria J. Sewell & Byron W. Sewell, 2016

선희의 조용한 아침의 나라 모험기
(Seonhuiui Joyonghan Achim-ui Nala Moheomgi),
Sun-hee in Korean, tr. Miyeong Kang, 2018

Alix's Adventures in Wonderland:
Lewis Carroll's Nightmare, by Byron W. Sewell, 2011

Áloþk's Adventures in Goatland, by Byron W. Sewell, 2011

Alice's Bad Hair Day in Wonderland, by Byron W. Sewell, 2012

The Carrollian Tales of Inspector Spectre, by Byron W. Sewell, 2011

The Annotated Alice in Nurseryland, by Byron W. Sewell, 2016

The Haunting of the Snarkasbord, by Alison Tannenbaum,
Byron W. Sewell, Charlie Lovett, & August A. Imholtz, Jr, 2012

Snarkmaster, by Byron W. Sewell, 2012

In the Boojum Forest, by Byron W. Sewell, 2014

Murder by Boojum, by Byron W. Sewell, 2014

Close Encounters of the Snarkian Kind, by Byron W. Sewell, 2016

TRANSLATIONS

Кайкалдыҥ Јеринде Алисала болгон учуралдар (Kaykaldıñ Cerinde Alisala bolgon uçuraldar), *Alice* in Altai, tr. Küler Tepukov, 2016

Alice's Adventures in An Appalachian Wonderland,
Alice in Appalachian English, tr. Byron & Victoria Sewell, 2012

Սնարքի Որսը (Snark'i Orsë),
The Hunting of the Snark in Eastern Armenian,
tr. Alexander Kalantaryan & Artak Kalantaryan, forthcoming

Ալիս Հրաշալիքներու Աշխարհին Մէջ (Alis Hrashalik'neru Ashkharhin Mēch),
Alice in Western Armenian, tr. Yervant Gobelean, forthcoming

Patimatli ali Alice tu Văsilia ti Ciudii,
Alice in Aromanian, tr. Mariana Bara, 2015

Әлисәнең Сәйерстандағы мажаралары (Älisäneñ Säyerstandağı majaraları),
Alice in Bashkir, tr. Güzäl Sitdykova, 2017

Алесіны прыгоды ў Цудазем'і (Alesiny pryhody
u Tsudazem'i), *Alice* in Belarusian, tr. Max Ščur, 2016

На тым баку Люстра і што там напаткала Алесю
(Na tym baku Liustra i shto tam napatkala Alesiu),
Looking-Glass in Belarusian, tr. Max Ščur, 2016

Снаркаловы (Snarkalovy),
The Hunting of the Snark in Belarusian, tr. Max Ščur, forthcoming

Crystal's Adventures in A Cockney Wonderland,
Alice in Cockney Rhyming Slang, tr. Charlie Lovett, 2015

Aventurs Alys in Pow an Anethow,
Alice in Cornish, tr. Nicholas Williams, 2015

Alice's Ventures in Wunderland,
Alice in Cornu-English, tr. Alan M. Kent, 2015

Maries Hændelser i Vidunderlandet, *Alice* in Danish, tr. D.G., forthcoming

آلیس در سرزمین عجایب (Âlis dar Sarzamin-e Ajâyeb),
Alice in Dari, tr. Rahman Arman, 2015

Äventyrą̈ Alice i Underlandą̈,
Alice in Elfdalian, tr. Inga-Britt Petersson, 2018

La Aventuroj de Alicio en Mirlando,
Alice in Esperanto, tr. E. L. Kearney (1910), 2009

La Aventuroj de Alico en Mirlando,
Alice in Esperanto, tr. Donald Broadribb, 2012

Trans la Spegulo kaj kion Alico trovis tie,
Looking-Glass in Esperanto, tr. Donald Broadribb, 2012

Les Aventures d'Alice au pays des merveilles,
Alice in French, tr. Henri Bué, 2015

Les Aventures d'Alice au pays des merveilles,
Alice in French, tr. Henri Bué, illus. Mathew Staunton, 2015

ელისის თავგადასავალი საოცრებათა ქვეყანაში
(Elisis t'avgadasavali saoc'rebat'a k'veqanaši),
Alice in Georgian, tr. Giorgi Gokieli, 2016

Alice's Abenteuer im Wunderland,
Alice in German, tr. Antonie Zimmermann, 2010

Die Lissel ehr Erlebnisse im Wunnerland,
Alice in Palantine German, tr. Franz Schlosser, 2013

Der Alice ihre Obmteier im Wunderlaund,
Alice in Viennese German, tr. Hans Werner Sokop, 2012

Balþos Gadedeis Aþalhaidais in Sildaleikalanda,
Alice in Gothic, tr. David Alexander Carlton, 2015

Nā Hana Kupanaha a ʻĀleka ma ka ʻĀina Kamahaʻo,
Alice in Hawaiian, tr. R. Keao NeSmith, 2017

Ma Loko o ke Aniani Kū a me ka Mea i Loaʻa iā ʻĀleka
ma Laila, *Looking-Glass* in Hawaiian, tr. R. Keao NeSmith, 2017

Aliz kalandjai Csodaországban,
Alice in Hungarian, tr. Anikó Szilágyi, 2013

Ævintýri Lísu í Undralandi, *Alice* in Icelandic, tr. Þórarinn Eldjárn, 2013

Le Aventuras de Alice in le Pais del Meravilias,
Alice in Interlingua, tr. Rodrigo Guerra, 2018

Eachtra Eibhlíse i dTír na nIontas,
Alice in Irish, tr. Pádraig Ó Cadhla (1922), 2015

Eachtraí Eilíse i dTír na nIontas, *Alice* in Irish, tr. Nicholas Williams, 2007

Lastall den Scáthán agus a bhFuair Eilís Ann Roimpi,
Looking-Glass in Irish, tr. Nicholas Williams, 2009

Le Avventure di Alice nel Paese delle Meraviglie,
Alice in Italian, tr. Teodorico Pietrocòla Rossetti, 2010

Alis Advencha ina Wandalan,
Alice in Jamaican Creole, tr. Tamirand Nnena De Lisser, 2016

L's Aventuthes d'Alice en Êmèrvil'lie,
Alice in Jèrriais, tr. Geraint Williams, 2012

L'Travèrs du Mitheux et chein qu'Alice y dêmuchit,
Looking-Glass in Jèrriais, tr. Geraint Williams, 2012

Алисэ Телъыджэщӏым зэрышыӏар (Alisė Tel″ydzhėshchhym zėryshyhar), *Alice* in Kabardian, tr. Murat Temyr & Murat Brat, 2019

Алиса Къужур Дунияны Къыдырады (Alisa Qujur Duniyanı Qıdıradı), *Alice* in Karachay-Balkar, tr. Magomet Gekki, 2019

Әлисәнің ғажайып елдегі басынан кешкендері (Älïsäniñ ğajayıp eldegi basınan keşkenderi), *Alice* in Kazakh, tr. Fatima Moldashova, 2016

Алисаның Хайхастар Чирінзер чорығы (Alïsanıñ Hayhastar Çïrinzer çorığı), *Alice* in Khakas, tr. Maria Çertykova, 2017

Алисакӧд Шемӧсмуын лоӧмторъяс (Alisaköd Šemösmuyn loömtor″ias), *Alice* in Komi-Zyrian, tr. Evgenii Tsypanov & Elena Eltsova, 2018

Алисанын Кызыктар Өлкөсүндөгү укмуштуу окуялары (Alisanın Kızıktar Ölkösündögü ukmuştuu okuyaları), *Alice* in Kyrgyz, tr. Aida Egemberdieva, 2016

Las Aventuras de Alisia en el Paiz de las Maraviyas, *Alice* in Ladino, tr. Avner Perez, 2016

לאס אב׳ינטוראס די אליסייה אין איל פאאיס די לאס מאראב׳ילייאס (Las Aventuras de Alisia en el Paiz de las Maraviyas), *Alice* in Ladino, tr. Avner Perez, 2016

Alisis pīdzeivuojumi Breinumu zemē, *Alice* in Latgalian, tr. Evika Muizniece, 2015

Alicia in Terrā Mīrābilī, *Alice* in Latin, tr. Clive Harcourt Carruthers, 2011

Alicia in Terrā Mīrābilī: Editiō Bilinguis Latīna et Anglica, *Alice* in Latin, bilingual edition, tr. Clive Harcourt Carruthers, 2018

Aliciae per Speculum Transitus (Quaeque Ibi Invenit), *Looking-Glass* in Latin, tr. Clive Harcourt Carruthers, Forthcoming

Alisa-ney Aventuras in Divalanda, *Alice* in Lingua de Planeta (Lidepla), tr. Anastasia Lysenko & Dmitry Ivanov, 2014

La aventuras de Alisia en la pais de mervelias, *Alice* in Lingua Franca Nova, tr. Simon Davies, 2012

Alice ẹhr Eventüürn in't Wunnerland, *Alice* in Low German, tr. Reinhard F. Hahn, 2010

Contoyrtyssyn Ealish ayns Çheer ny Yindyssyn, *Alice* in Manx, tr. Brian Stowell, 2010

Ko Ngā Takahanga i a Ārihi i Te Ao Miharo, *Alice* in Māori, tr. Tom Roa, 2015

Dee Erläwnisse von Alice em Wundalaund,
Alice in Mennonite Low German, tr. Jack Thiessen, 2012

Auanturiou adelis en Bro an Marthou,
Alice in Middle Breton, tr. Herve Le Bihan & Herve Kerrain, Forthcoming

The Aventures of Alys in Wondyr Lond,
Alice in Middle English, tr. Brian S. Lee, 2013

L'Avventure d'Alice 'int' 'o Paese d' 'e Maraveglie,
Alice in Neapolitan, tr. Roberto D'Ajello, 2016

Attravierzo 'o specchio e cchello c'Alice ce truvaie,
Looking-Glass in Neapolitan, tr. Roberto D'Ajello, 2019

L'Aventuros de Alis in Marvoland, *Alice* in Neo, tr. Ralph Midgley, 2013

Elises Eventyr i Undernes Land: den første norske *Alice*:
Elise's Adventures in the Land of Wonders: the first Norwegian *Alice*,
Alice in Norwegian, ed. & tr. Anne Kristin Lande, 2019

Alice sine opplevingar i Eventyrlandet,
Alice in Nynorsk, tr. Sigrun Anny Røssbø, 2019

Æðelgýðe Ellendæda on Wundorlande,
Alice in Old English, tr. Peter S. Baker, 2015

La geste d'Aalis el Païs de Merveilles,
Alice in Old French, tr. May Plouzeau, 2017

Alitjilu Palyantja Tjuta Ngura Tjukurmankuntjala (Alitji's Adventures in Dreamland), *Alice* in Pitjantjatjara, tr. Nancy Sheppard, 2018

Alitji's Adventures in Dreamland: An Aboriginal tale inspired by *Alice's Adventures in Wonderland*, adapted by Nancy Sheppard, 2018

Alice Contada aos Mais Pequenos,
The Nursery "Alice" in Portuguese, tr., Rogério Miguel Puga, 2015

Сыр Алиса Попэя кэ Чюдэнгири Пхув (Sir Alisa Popeja ke Čudengiri Phuv),
Alice in North Russian Romani, tr. Viktor Shapoval, 2018

Приключения Алисы в Стране Чудес (Prikliucheniia Alisy v Strane Chudes),
Alice in Russian, tr. Yury Nesterenko, 2018

Приключения Алисы в Стране Чудес (Prikliucheniia Alisy v Strane Chudes),
Alice in Russian, tr. Nina Demurova, forthcoming

Соня въ царствѣ дива (Sonia v tsarstvie diva): Sonja in a Kingdom of Wonder,
Alice in facsimile of the 1879 first Russian translation, 2013

Соня в царстве дива (Sonia v tsarstve diva),
An edition of the first Russian *Alice* in modern orthography, 2017

Охота на Снарка (Okhota na Snarka),
The Hunting of the Snark in Russian, tr. Victor Fet, 2016

Ia Aventures as Alice in Daumsenland,
Alice in Sambahsa, tr. Olivier Simon, 2013

Ocolo id Specule ed Quo Alice Trohv Ter,
Looking-Glass in Sambahsa, tr. Olivier Simon, 2016

'O Tāfaoga a 'Ālise i le Nu'u o Mea Ofoofogia,
Alice in Samoan, tr. Luafata Simanu-Klutz, 2013

Eachdraidh Ealasaid ann an Tìr nan Iongantas,
Alice in Scottish Gaelic, tr. Moray Watson, 2012

Alice's Adventchers in Wunderland,
Alice in Scouse, tr. Marvin R. Sumner, 2015

Mbalango wa Alice eTikweni ra Swihlamariso,
Alice in Shangani, tr. Peniah Mabaso & Steyn Khesani Madlome, 2015

Ahlice's Aveenturs in Wunderlaant,
Alice in Border Scots, tr. Cameron Halfpenny, 2015

Alice's Mishanters in e Land o Farlies,
Alice in Caithness Scots, tr. Catherine Byrne, 2014

Alice's Adventirs in Wunnerlaun,
Alice in Glaswegian Scots, tr. Thomas Clark, 2014

Ailice's Anters in Ferlielann,
Alice in North-East Scots (Doric), tr. Derrick McClure, 2012

Alice's Adventirs in Wonderlaand,
Alice in Shetland Scots, tr. Laureen Johnson, 2012

Ailice's Aventurs in Wunnerland,
Alice in Southeast Central Scots, tr. Sandy Fleemin, 2011

Ailis's Anterins i the Laun o Ferlies,
Alice in Synthetic Scots, tr. Andrew McCallum, 2013

Alice's Carrànts in Wunnerlan,
Alice in Ulster Scots, tr. Anne Morrison-Smyth, 2013

Alison's Jants in Ferlieland,
Alice in West-Central Scots, tr. James Andrew Begg, 2014

Alice muNyika yeMashiripiti,
Alice in Shona, tr. Shumirai Nyota & Tsitsi Nyoni, 2015

Алисаның қайғаллығ Черинде полған чоруқтары (Alisanıñ qaygallıg Çerinde polgan çoruqtarı), *Alice* in Shor, tr. Liubov' Arbaçakova, 2017

Alis bu Cëlmo dac Cojube w dat Tantelat,
Alice in Ṣurayt, tr. Jan Beṯ-Ṣawoce, 2015

Alisi Ndani ya Nchi ya Ajabu, *Alice* in Swahili, tr. Ida Hadjuvayanis, 2015

Alices Äventyr i Sagolandet, *Alice* in Swedish, tr. Emily Nonnen, 2010

'Alisi 'i he Fonua 'o e Fakaofo',
Alice in Tongan, tr. Siutāula Cocker & Telesia Kalavite, 2014

De Aventure Alisu in Mirviziland,
Alice in Uropi, tr. Bertrand Carette & Joël Landais, 2018

Ventürs jiela Lälid in Stunalän, *Alice* in Volapük,
tr. Ralph Midgley, forthcoming

Lès-avirètes da Alice ô payis dès mèrvèyes,
Alice in Walloon, tr. Jean-Luc Fauconnier, 2012

Lès paskéyes d'Alice è payis dès mèrvèyes,
Alice in Central Walloon, tr. Bernard Louis, 2017

Anturiaethau Alys yng Ngwlad Hud, *Alice* in Welsh, tr. Selyf Roberts, 2010

I Avventur de Alìs ind el Paes di Meravili,
Alice in Western Lombard, tr. GianPietro Gallinelli, 2015

U-Alisi Kwilizwe Lemimangaliso,
Alice in Xhosa, tr. Mhlobo Jadezweni, forthcoming

Di Avantures fun Alis in Vunderland,
Alice in Yiddish, tr. Joan Braman, 2015

Alises Avantures in Vunderland, *Alice* in Yiddish, tr. Adina Bar-El, 2018

אַליסעס אַוואַנטורעס אין וווּנדערלאַנד (Alises Avantures in Vunderland),
Alice in Yiddish, tr. Adina Bar-El, 2018

Insumansumane Zika-Alice,
Alice in Zimbabwean Ndebele, tr. Dion Nkomo, 2015

U-Alice Ezweni Lezimanga, *Alice* in Zulu, tr. Bhekinkosi Ntuli, 2014

www.ingramcontent.com/pod-product-compliance
Ingram Content Group UK Ltd.
Pitfield, Milton Keynes, MK11 3LW, UK
UKHW041825200726
13854UKWH00002BA/571

9 781782 011767